MELODY JAMES

Segni d'Amore

Stupid Cupid

W0408956

DeAGOSTINI

A Kate Cary con i miei ringraziamenti

Capitolo 1

«Non so cosa fare!» Tracy lascia cadere a terra la sacca e inizia a camminare avanti e indietro nella mia stanza. «Come mi vesto? Elegante? Alla moda? Casual?»

Accendo la luce sperando così di eliminare il grigiore post-scolastico. «Mettiti qualcosa di giusto e basta.» Inizio a togliere libri e quaderni dalla borsa e li appoggio sul letto, fingendo indifferenza. Tracy non sa che ho una sorpresa per lei nascosta nell'armadio. Stringo le labbra per non sorridere.

«*Giusto*?» Tracy attorciglia nervosamente una ciocca di capelli attorno a un dito. «Giusto per chi? Per me, per Jeff o per *loro*?»

"*Loro*" sono i genitori di Jeff, che hanno invitato

Tracy a cena. Sarà il primo incontro con la famiglia di Jeff e lei è letteralmente *terrorizzata,* neanche dovesse giocare la finale di Champions League.

«Avrai pure *qualcosa* di adatto, no?» provo a farla ragionare.

Tracy si blocca. «Ma come faccio a sapere che cosa è *adatto*?» strilla. «Non li ho mai incontrati! La loro idea di *adatto* potrebbe essere un bustino e una tiara.»

«Ma non hai chiesto a Jeff?»

«Sì, e lui mi ha detto semplicemente "Sii te stessa"!» Sospira mentre si fa aria con le mani alla stessa velocità con cui un colibrì sbatte le ali. «Ma se non so neanche come mi chiamo e chi sono!» conclude sbottando.

«Tu sei *Tracy*!» le dico abbracciandola forte.

Nell'ultimo mese, cioè da quando ha iniziato a uscire con Jeff, la mia migliore amica ha tirato fuori la femminilità che era dentro di lei con il calore con cui il vincitore di un quiz televisivo abbraccia il conduttore dopo essersi aggiudicato il montepremi più alto. Si è trasformata da calciatrice fuori e dentro in principessa disneyana... ma per fortuna tiene ancora un paio di scarpette infangate nello zaino, e a separarla dalla sua felpa e da un paio di calzini di spugna puzzolenti c'è ancora solo lo spogliatoio.

La stringo più forte. «Questo significa che sei fantastica. E che Jeff è fortunato che tu sia la sua ragazza.»

«Davvero?» Mi guarda con due grandi occhioni speranzosi.

«Davvero.» Annuisco decisa e apro l'armadio.

Mentre rovisto tra i vestiti e tiro fuori un appendino, ho di nuovo quel sorriso soddisfatto sulle labbra.

Appeso sulla gruccia c'è un semplice abitino in tweed. Verde chiaro, lunghezza ginocchio, bottoni oro, giacchino corto e dritto dello stesso colore. È la tenuta ideale per un primo incontro con i genitori del tuo ragazzo. Per acquistarlo al mercatino dell'usato ho dovuto battermi con un branco di starnazzanti fashion victim in età da pensione.

«*Ta-dah!*» Lo tengo alto perché Tracy possa ammirarlo. «Ho pensato a te e al tuo incontro con i genitori di Jeff non appena l'ho visto!»

Tracy è a bocca aperta. Che sia per l'aroma di nonna che si diffonde dalla stoffa?

«Oh, non ti preoccupare... La signora alla cassa mi ha spiegato che è stato lavato a secco e che un po' di profumo e dell'aria fresca scacceranno questo odorino.»

«Non... non so cosa dire» farfuglia Tracy.

«Provalo, dai.»

Ho la sensazione che Tracy non sia rimasta troppo colpita dal completo che ho scelto con tanta cura per lei, ma non importa. Stiamo cercando di vestirla per incontrare *dei genitori*, non per un rave party.

Tracy prende un po' incerta l'abito e lo appoggia sul letto. Mentre si toglie la felpa per infilarsi il giacchino, mi affaccio sul pianerottolo e chiamo dalle scale. «Mamma, abbiamo delle patatine?»

La mamma è in cucina e chiacchiera con il mio fratellino. Li sento ridere. Ben ha la fibrosi cistica e il mese scorso è stato male, tanto da dover lottare per ogni singolo respiro. Abbiamo dovuto ricoverarlo d'urgenza in ospedale. Per la nostra famiglia è stato come un grosso nuvolone nero arrivato per spazzarci via in un soffio. Ora, però, Ben sta meglio, grazie a Dio, e a casa è rispuntato il sole.

«Patatine?» mi fa eco la mamma dal piano di sotto. «Sì, aspetta.»

Un minuto più tardi, Ben compare ai piedi delle scale con un vassoio carico di patatine, alcuni tramezzini e due bicchieri di latte. Gli sorrido e lui porta tutto di sopra, facendo attenzione a non rovesciare niente. Mio fratello ha nove anni, e avere l'occasione di dimostrare quanto può essere grande e responsabile gli dà soddisfazione.

«Grazie, Ben.» Quando arriva su, gli prendo il vassoio dalle mani e lo ringrazio stampandogli un bacio zuccheroso sulla fronte: «Sei stato molto gentile».

Lui mi spinge via e corre giù.

Adoro quando si comporta in modo normale, come se non fosse malato e non gli servissero continue sedute di fisioterapia per tenere i polmoni liberi dal muco, o tutta una serie di medicine per respingere la perenne minaccia di infezioni.

«Grazie!» grido da sopra la balaustra e torno piano in camera.

Tracy è in piedi davanti a me nel suo abitino verde chiaro: sembra proprio una Signorina-Come-Si-Deve.

«Quello che devo fare io è andare a *conoscere* la mamma di Jeff» protesta. «Non cercare di *essere* lei!»

In effetti ha proprio l'aria della mamma... o di un personaggio politico in miniatura: se le appuntassi una coccarda sul risvolto della giacca, potrebbe vincere le prossime elezioni locali.

Appoggio il vassoio sulla scrivania. «Non è niente male!» mento. «Okay... forse ti copre un po' le forme...»

«Mi copre un po' le forme?» Tracy ha gli occhi fuori dalle orbite. «Non c'è punto vita! E poi è come se avessi delle protuberanze sotto le ascelle. Per non parlare del colore! Il colore...» Non trova le parole per continuare.

Faccio un giro attorno a lei per guardarla meglio. «In effetti è un po' più verde broccolo di quanto pensassi.» Non le dico che la tinta della stoffa mette in risalto ogni sfumatura verdognola della sua bella pelle olivastra.

«Sembro un rospo!» Tracy si guarda sgomenta nello specchio.

«Un rospo beneducato e rispettabile, però» la incoraggio.

Lei accenna un sorriso.

«Il genere di rospo che dei genitori approverebbero» insisto.

«In effetti è elegante» ammette. «Scommetto che Georgina Robyn-Earle si veste così nei fine settimana.»

Georgina Robyn-Earle frequenta il Quarto Anno alla Green Park. Ha un cavallo tutto suo e ogni anno a Pasqua va a sciare sui Pirenei.

«Oh, buongiorno, signora Simpson.» Tracy mi fissa con un'espressione maliziosa, fingendo che io sia la madre di Jeff. «Le ho portato della marmellata.» Mi porge un vasetto immaginario e passa a una parlata atteggiata. «La mamma ha così tanta uva spina quest'anno che non sa che farsene.»

Prendo la marmellata invisibile e sto al gioco. «Oh, Tracy cara. Sei stata tanto gentile. Per favore ringrazia tua madre! È un tale piacere conoscerti. Quando Jeff ha detto che avrebbe portato a casa la sua ragazza, temevo fosse una di quelle frequentatrici di rave party che si vedono così spesso in televisione.»

Tracy spalanca gli occhi. «Oh, no, no! Io non sono mai stata a un rave in vita mia. E non intendo farlo per nulla al mondo.»

«Non sei una di quelle tipe da dreadlocks e da raduni di massa, vero?» chiedo sospettosa. «E non trascorri l'estate in tenda, spero.»

«A volte portiamo il pranzo al sacco alle gare sportive.» Tracy trattiene una risatina, lo vedo dai suoi occhi. «Oh, non c'è niente di meglio che mangiare un panino al pâté di granchio sul sedile posteriore della nostra Land Rover.» Alza una mano moscia e attraversa la stanza sulle punte dei piedi, come Cenerentola nelle sue scarpette di cristallo.

Reprimo un gridolino divertito e lei continua: «L'anno scorso, ad Ascot, papà ha dimenticato la borsa frigo e mamma ha dovuto bere del gin caldo in una tazza da tè».

«Oh, tesoro, fai attenzione!» esclamo io mentre Tracy fa per sedersi con grazia sul letto: mi tuffo ad afferrare un cuscino da dietro la sua schiena e spiego: «Schiacci il chihuahua». Cullo il cuscino-cagnetto tra le braccia. «Il caro, piccolo Babol! Deve ancora riprendersi da quella volta che Jeff l'ha scambiato per un pallone e l'ha calciato oltre il recinto.» Accarezzo amorevolmente il cuscino, cercando di non ridere. «Credo che Jeff si stesse esercitando nei tiri in porta, perché il povero cagnolino ha sorvolato tre giardini, prima di atterrare nella piscina dei Robinson.»

«Nooo!» Tracy esplode in una risata e scivola giù dal letto con un tonfo sordo.

«Povero Babi!» esclamo io e con l'immagine del chihuahua in volo radente davanti agli occhi, mi lascio cadere accanto a lei e scoppio a ridere anch'io.

Piano piano riusciamo a calmarci.

D'un tratto mi viene un'idea.

«Alzati, forza!» La tiro per un braccio e le propongo: «Adesso ci proviamo sul serio!»

«A fare cosa? A prendere a calci un chihuahua?»

«No, scema! A fare il gioco dei ruoli! Così ti impratichisci un po'. Niente battute o spiritosaggini questa volta. Farò *davvero* finta di essere la mamma di Jeff.»

Tracy aggrotta nervosa la fronte.

«Non preoccuparti» la rassicuro. «Ci andrò piano.» Balzo in piedi e mi liscio la gonna.

«Tracy, cara» le dico tendendole la mano. «Che piacere conoscerti. Jeff non fa che parlare di te negli ultimi tempi.»

«Veramente?» Tracy si alza in piedi e mi porge la mano, titubante.

Io la stringo cordialmente. «Certo! È stato tutto un "Tracy di qua, Tracy di là" per settimane. Ti spiace se ti chiamo Tracy? O preferisci Teresa?»

«Ehm...» L'espressione di Tracy si fa confusa.

«Dille che Tracy va bene» le suggerisco tra i denti, uscendo per un attimo dal personaggio.

«T-Tracy va bene» balbetta.

«Perfetto. E tu puoi chiamarmi Mary.»

Tracy sbatte le palpebre. «La mamma di Jeff si chiama Mary?»

«L'ho inventato adesso!» rispondo secca, poi riprendo con tono atteggiato: «Accomodati pure». Picchietto con la mano sul letto e aspetto che Tracy si sieda. «Ti posso offrire del latte, cara?»

Prendo un bicchiere dal vassoio e glielo porgo.

«A dire il vero non ho sete» risponde lei.

«Un tramezzino?»

Tracy scuote la testa. «Non ho fame, grazie.»

«Davvero? Una ragazza nel pieno della crescita come te?» Prendo un tramezzino e lo addento. «Non sarai una di quelle adolescenti con strane idee sul cibo, vero?»

Tracy scuote la testa.

«Sei vegetariana?» chiedo. «Abbiamo degli amici la cui figlia è appena diventata vegana. Poveretti. Mangiano solo hamburger di soia.» Do un altro morso al tramezzino. Formaggio e senape, il mio preferito. «Dove abiti?»

«Mulberry Crescent.»

«Oh!» Deglutisco. «A che altezza? Dalla parte di Crook Street o di Tottington Avenue?»

Tracy si sfrega il naso. «Più o meno a metà.»

«*Mmm.*» Aggrottando le sopracciglia, ingoio l'ultimo boccone. «Sei sicura di non avere fame? È buono.»

«No, grazie, signora Simps...» Tracy si corregge. «*Mary*. Ho mangiato prima di uscire.»

Mi acciglio. È ora di aumentare la pressione. «Jeff non ti ha detto che ti avevamo invitato a cena?»

Tracy si innervosisce. «Be'... sì.»

«È stato scortese, da parte tua, mangiare prima di venire da noi.»

«Io-io-ehm-io...»

Mentre Tracy cerca disperatamente una risposta, io insisto. Sono proprio entrata nella parte, ormai. È divertente immedesimarmi in una comandina di mezza età. «Non ti preoccupare, possiamo sempre donare quello che non mangi alla mensa dei poveri. Lì c'è sempre gente che ha fame.»

Al mio fianco, Tracy si contorce come un terrier agitato. «Oh, ma io intendevo dire che ho mangiato un pacchetto di patatine sull'autobus... sono sicura che tra un minuto mi verrà fame. Sono solo un po' nervosa, tutto qui.»

«Nervosa, cara?» Mi giro a guardarla con un'espressione stupita da premio Oscar. «Perché dovevi incontrare *noi*? Jeff ti ha per caso detto che siamo dei mostri o roba del genere?»

«No, no! Jeff non mi ha detto niente!»

«Perché se l'ha fatto, sarei *molto* delusa di lui.»

«Davvero, non ha detto proprio nulla...» Tracy stringe i pugni. Sento il suo nervosismo trasformarsi in irritazione, ma non allento la pressione. Voglio che sia pronta a tutto.

«Non ha parlato *per niente* di noi?» Le scocco uno sguardo ferito e poi cambio velocemente argomento. «Ho sentito che giochi a calcio...»

«Sì, per la scuola.»

«Jeff gioca per la squadra provinciale.»

«Farò i provini anch'io» dice in fretta Tracy.

«È una bella cosa, cara, anche se sono un sacco di tempo e di energia da dedicare a un'attività che non ti porterà mai da nessuna parte.»

Gli occhi di Tracy emanano scintille di indignazione, ma io proseguo, imperterrita.

«Una ragazza non può pensare di giocare a calcio da professionista.» So che Tracy, nella sua testa, ha già pianificato tutta la sua carriera da calciatrice, ma ora la mamma di Jeff deve pensarla in maniera diversa. «Faresti meglio a impiegare il tuo tempo nello studio, così potrai trovare un bell'impiego. Come segretaria, ad esempio.»

«Come *segretaria?*» Le scintille negli occhi di Tracy si accendono di rabbia. «Siamo nel XXI secolo, signora... Mary! Le donne fanno gli avvocati, i chirurghi e gli amministratori delegati!»

«Mi fa piacere sentire che punti in alto ma, una volta sposata e sistemata, sono sicura che vorrai mettere al primo posto la famiglia, non credi?»

Tracy balza in piedi. «Oh! Mio! Dio!» Ora è proprio offesa. «Vuole qualcuno che cucini e pulisca per suo figlio e le sforni dei nipoti? È come stare in uno di quei vecchi libri che leggiamo a scuola! No, io non farò *mai* la casalinga.»

La guardo con aria innocente. «Oh, per me è andata più che bene.»

«Ah sì?» sbotta Tracy con le mani sui fianchi. «Be', a me invece non va bene per niente! Lei dovrebbe essere rinchiusa in qualche angolo del XIX secolo, quello a cui appartiene! Se sta cercando una mogliettina docile che ami stare in casa per il suo prezioso bambino, farà meglio a cercare altrove, perché non sarò io, vecchia befana che non è altro!» È rossa come un peperone e ha gli occhi fuori dalle orbite. È molto buffa!

«Wow, Tracy!» esclamo ridendo.

Tracy si tappa la bocca con le mani, inorridita. «Ho appena dato della vecchia befana alla madre di Jeff!»

«I "complimenti" magari conservali per il secondo appuntamento» suggerisco.

«Perché mi hai messo tutta quella pressione?» sbuffa Tracy come un toro inferocito. «La signora Simpson non mi farà di certo il terzo grado sul matrimonio.»

Le sorrido con dolcezza. «Volevo solo assicurarmi che fossi pronta a tutto.»

Tracy afferra il cuscino-cagnetto e inizia a colpirmi con foga.

Per proteggermi mi ficco sotto il piumone. «Non fare del male a Babol!» dico ridendo.

«Non mi sei di nessun aiuto!» strilla lei, continuando ad attaccarmi con il finto chihuahua.

Quando i colpi si fermano, sbircio fuori. «Scusa, Tracy, ho esagerato.»

Ha ripreso ad andare avanti e indietro, nervosa.

«Non ho speranze... Chissà che pasticci finirò per combinare!»

«No, non è vero.» Salto giù dal letto. «Sarai fantastica! Sono sicura che la signora Simpson è simpatica e che andrete molto d'accordo.» Cerco di stare al passo con lei, su è giù per la camera, saltando i vestiti e i libri sparsi sul pavimento.

Tracy si siede sul letto e si prende la testa fra le mani. «Ma *perché* devo andare a conoscere i genitori di Jeff?»

«Be', immagino che il tuo ragazzo pensi di uscire ancora per un bel po' con te» dico sorridendole.

Tracy si lascia sfuggire un gemito e si butta a sedere sul letto ormai sfatto. «Sì, be', potrebbe cambiare idea, dopo che avrò detto a sua madre che è una vecchia befana.»

«Ma tu non lo farai.» Mi siedo accanto a lei e le allungo un tramezzino. «E lui non cambierà idea. Andrà tutto bene, vedrai.»

Tracy si tira su, dà un morso e inizia a masticare con lo sguardo fisso nel vuoto. «Magari Jessica Jupiter può scrivere qualcosa nell'oroscopo di Jeff di questa settimana, chiedendogli di essere indulgente e comprensivo se una persona che ama dirà qualcosa di sciocco.»

«Buona idea» concordo. «Non si sa mai.»

Jessica Jupiter è il mio alter ego: con questo nome scrivo gli oroscopi per il giornale on line della scuola. È l'incarico più inutile e stupido cui potessi aspirare... nulla in confronto a quello di Will Bold come cronista o di Jeff come corrispondente sportivo. Persino alla noiosa Barbara Tweed è andata meglio: a lei è stata assegnata la rubrica del tempo libero e quindi può scrivere i suoi insulsi articoli. I titoli più clamorosi a oggi sono: VENTI MODI PER SFRUTTARE AL MEGLIO IL TUO ARMADIETTO SCOLASTICO; GALATEO TRA I BANCHI: UN COMPORTAMENTO EDUCATO IN AULA. Ah, c'è anche: CONSIGLI UTILI PER AGGIUNGERE UN PO' DI PEPE ALLA VOSTRA CANCELLERIA.

Per fortuna solo Tracy sa che sono Jessica Jupiter. Morirei letteralmente di vergogna se si venisse a sapere in giro. Partecipare alla webzine doveva essere il primo gradino sulla scala della mia carriera giornalistica. Un'esperienza da inserire nel curriculum che mi avrebbe fatto ottenere il mio primo lavoro nel giornale locale; il giornale locale mi avrebbe poi portato a un incarico in uno nazionale e, nel giro di cinque anni, mi avrebbero assegnato una rubrica personale che mi avrebbe consentito di vincere un sacco di premi a livello internazionale...

Ecco che nella mente mi affiora la mia fantasia preferita: un ampio palco, un pubblico che luccica nell'oscurità e io sul podio, mentre ritiro il premio di Giornalista dell'Anno.

Tracy mi dà una gomitata e mi passa un bicchiere di latte. «Grazie al cielo c'è Jessica!» Fa un sorso enorme, poi si lecca via i baffi. «Non fosse stato per lei, Jeff non avrebbe mai notato la mia maglia con il numero dieci!»

Non molto tempo fa "Jessica" ha scritto nell'oroscopo di Jeff che il numero dieci gli avrebbe cambiato la vita. Così, quando lui l'ha visto scritto sulla divisa da calcio di Tracy, dopo che lei aveva segnato il gol della vittoria alla finale di Coppa femminile delle Prime, le ha chiesto di uscire. È stato un risultato importante per Jessica, e io sono felicissima di aver aiutato la mia migliore amica a conquistare il ragazzo dei suoi sogni.

Inizio a pensare all'oroscopo di questa settimana. L'ho già scritto quasi tutto. Ma ho tenuto per ultimi Cancro e Pesci.

Il segno zodiacale di Jeff è il Cancro... e adesso so che cosa scrivere, ma con i Pesci è più difficile.

«Sono bloccata sul segno di Savannah» dico a Tracy.

«Perché?»

«Voglio usare la previsione di questa settimana per metterla in guardia.»

«Su LJ?»

Annuisco. «Tu cosa dici? Secondo te ci sbagliamo su di lui? Magari non dovremmo metterci di mezzo...»

«Ci siamo forse sbagliate sul conto di Josh?» mi ricorda Tracy.

«No» ammetto. Josh è stato l'ultimo ragazzo di Savannah e, quando l'ho beccato che si sbaciucchiava con Chelsea Leeson dietro il deposito delle biciclette, ho usato Jessica per avvertire Savannah che di lui non ci si poteva fidare.

«Non è necessario che tu sia *del tutto* negativa su LJ» suggerisce Tracy. «Potresti semplicemente insinuare che il nuovo arrivato dovrebbe *guadagnarsela,* la reputazione di più figo dell'istituto...»

LJ è uno studente del Secondo Anno che si è appena trasferito alla Green Park. Prima frequentava una scuola in America. Tutti lo trattano come se fosse un dio in terra e lui ci sguazza. Non perde occasione per ricordare che negli Stati Uniti faceva il modello... sorvolando sul fatto che ha lavorato quasi solo per dei cataloghi commerciali e in una pubblicità di cibo per cani. A vederlo camminare impettito per i corridoi della scuola si direbbe che abbia trascorso gli ultimi tre anni sulle passerelle newyorkesi. Per non parlare del fatto che guarda il suo riflesso in ogni porta o finestra che trova al suo passaggio.

«*Bleah!*» Faccio una smorfia, chiedendomi che cosa diamine ci veda, Savannah, in lui. È un bel ragazzo, non lo nego, ma sa fin troppo di esserlo. «Perché non esce con Marcus? Lui è così dolce, e poi sono secoli che ha una cotta per lei!»

«Savannah è decisa a conquistare un ragazzo più grande» spiega Tracy scrollando le spalle.

Le lancio un'occhiata di traverso. «È molto raro che una di Prima esca con uno di Seconda.»

Lei mi sorride, ovviamente pensando a Jeff. «Sono riuscita a scrollarmi di dosso il Mantello dell'Invisibilità del Primo Anno, eh?»

«Sì, e hai dato speranza a tutte noi» le dico, perché secondo me il Primo Anno è *orribile*. Non sei ancora dei grandi, ma non sei neanche dei piccoli delle medie. I ragazzi di Seconda sembrano non vederli nemmeno quelli di Prima. Lo so bene, io: quelli che lavorano alla webzine hanno tutti un anno più di me e mi trattano come se non esistessi neppure. Se si accorgono di me, è per darmi un lavoro idiota, uno qualunque. E Cindy – la direttrice della rivista, ma anche considerata la Regina di Ghiaccio della scuola – è la sola a sapere che sono l'addetta allo zodiaco, dato che è stata lei ad assegnarmi questo incarico.

L'unico a trattarmi come una che sa leggere e scrivere è Sam Baynham, che per la webzine scrive le recensioni musicali. Una volta mi ha persino invitato a bere qualcosa, ma credo che l'abbia fatto solo perché gli dispiaceva per me... era il periodo in cui Ben stava tanto male. Gli ho detto di no, è ovvio... non sono un caso disperato! E poi volevo prendere l'autobus per andare a trovare mio fratello in ospedale.

Tracy finisce rumorosamente l'ultimo goccio di latte, strappandomi ai miei pensieri.

«Allora, che cosa scriverai per Savannah? No, scusa, che cosa scriverà *Jessica*?» si corregge. «Proverà a farle aprire gli occhi riguardo a LJ?»

«Sì, o comunque ci proverà» prometto.

Il pensiero di scrivere oroscopi per il resto del quadrimestre mi provoca un nodo allo stomaco. «Ma non credo che potrò essere d'aiuto ancora per molto.»

Tracy mi guarda perplessa. «Perché?»

«Perché ho un piano» dico, prendendo un altro tramezzino. «Un piano per far uscire Jessica Jupiter dalla mia vita una volta per tutte!»

Capitolo 2

Dopo la corsa a scuola dalla fermata dell'autobus, è piacevole ritrovarsi in un'aula riscaldata. Sento ancora il morso del vento pungente di marzo sulle guance. Ryan Edwards sta appannando i vetri con il fiato e ci scarabocchia sopra delle faccine. Chelsea è appollaiata su un termosifone, le gambe pelle e ossa distese su un banco. Josh le ciondola intorno, un braccio attorno alle sue spalle, come un serpente appeso a un ramo.

«Ehi, Chelsea» la chiama Anila dall'altra parte dell'aula. «Attenta a non bruciarti il sedere.»

Chelsea le fa una linguaccia e si stringe ancora di più a Josh.

Do una gomitata a Tracy e, indicandole

Savannah con gli occhi, le sussurro: «Ma perché Josh e Chelsea devono sempre sbaciucchiarsi davanti a tutti?»

Oggi, però, Savannah non lancia occhiate assetate di vendetta ai due traditori. Seduta accanto a Tracy, ha la schiena appoggiata al muro e stringe il suo zaino con aria estasiata, gli occhi persi nel vuoto.

«Hai visto i jeans che indossa LJ?» sospira. «Solo un vero modello potrebbe permettersi un paio di pantaloni con un taglio simile. Wow, è *fighissimo*!» Mi fissa con un'occhiata intensa.

«Vi ho detto che quando era in America andava a scuola con la Cadillac di suo padre? È *molto* più avanti di chiunque altro, qui dentro. Deve pensare che la Green Park sia rimasta alla preistoria...»

Tracy alza perplessa le sopracciglia. «Come no!» replica.

La professoressa Davis entra di corsa nell'aula e apre il registro. «Buongiorno a tutti. Che tempaccio, eh?»

Savannah guarda con aria sognante fuori dalla finestra. «Non l'avevo notato» sospira.

Odio criticare Savannah. È una ragazza molto dolce, oltre a essere un vero schianto. Se spunta una nuova moda, è sempre la prima a seguirla; non c'è niente che non le stia bene e la sua pelle di porcellana non ha mai visto un brufolo. È gentile, premurosa e amica di tutti... e Tracy e io siamo fortunate ad averla come amica. Ma quando si tratta di ragazzi, viene colpita da una particolare forma di cecità. Si fa talmente abbagliare dal loro aspetto fisico, che perde la capacità di distinguere un ragazzo "vero" da uno "zero".

«Non capisci che è *così* innamorato di se stesso che non ti noterà mai?» chiede Tracy a Savannah senza peli sulla lingua.

La professoressa Davis inizia a fare l'appello. «Teresa Brown.»

Tracy alza la mano. «Presente.»

Savannah arriccia il naso e prende dalla borsa il portacipria. «Solo perché è bello e sexy, non significa che non sia simpatico.» Si abbassa per guardarsi nello specchietto e si tampona con il piumino il naso già perfetto. «Non capisco perché tu sia così cinica, Tracy. In fondo, sei riuscita a conquistare Jeff...» Chiude con uno scatto il portacipria. «Significa che i sogni, a volte, si avverano sul serio.»

«Jeff è un ragazzo a posto» le faccio notare.

Savannah inclina la testa di lato. «E che cosa ti fa pensare che LJ non lo sia?»

Okay, non ha tutti i torti. Non ne ho le prove. È solo il mio istinto che me lo dice. Tutte le volte che vedo LJ, è circondato da una piccola folla e sul volto ha un'espressione... come se non aspettasse altro che qualcuno gli chiedesse un autografo. Ma l'istinto in effetti non basta. Un vero giornalista ha bisogno di *fatti*. Se solo ci fosse il modo di trovare le prove che quel ragazzo è profondo quanto una pozzanghera...

Immagino già il titolo:

SMASCHERATO STUDENTE GLAMOUR!

Il nuovo studente della Green Park,
LJ, ha rivelato in un'approfondita
intervista con la reporter Gemma Stone
di non conoscere il nome di nessuno
dei suoi compagni di classe.

“Oh, non ho mai pensato che gli inglesi avessero dei nomi propri” ha ammesso. “Li ho sempre chiamati con il primo che mi veniva in mente. A nessuno sembrava importare granché, così ho pensato di essere l’unico in tutta la scuola ad averne uno.”

«Gemma Stone?» La voce della professoressa Davis spazza via i miei pensieri. Alza la testa dalla cattedra. «Gemma?» Passa in rassegna la classe.

Alzo la mano. «Presente!»

«Anila Zajmi.»

Quando suona la campanella, Savannah schizza fuori dalla classe. «Vieni!» Prende Tracy per un braccio e la trascina via.

«Aspettatemi!» Le seguo verso la calca che ostruisce la porta.

Quando passiamo accanto a Marcus, non posso fare a meno di notare i suoi occhi malinconici che seguono Savannah.

Il mese scorso le ha chiesto un appuntamento,

ma lei ha preferito uscire con Josh e da allora non ha più degnato Marcus di uno sguardo, anche se è dieci volte più dolce di Josh, e a modo suo è anche carino.

In corridoio, Tracy continua a rimanere appesa al braccio di Savannah, che la trascina facendola sbattere a destra e a manca come un lenzuolo steso all'aria aperta in un giorno di vento.

«Insomma, che fretta c'è?» chiedo.

«Facciamo il giro lungo» annuncia Savannah. Invece di girare a destra verso l'aula in cui la professoressa Dalton sta distribuendo sui banchi dei libri di letteratura inglese, svolta a sinistra e poi di nuovo a sinistra, verso i laboratori di scienze.

Tracy mi guarda disperata, come se fosse vittima di un rapimento.

«Stai cercando di smaltire delle calorie?» chiedo a Savannah, non riuscendo a capire *perché* debba fare il giro di tutto l'edificio per raggiungere l'aula che si trova proprio accanto a quella che abbiamo appena lasciato.

«Non si deve mai perdere l'occasione di fare un po' di esercizio» sbuffa lei mentre svolta l'angolo dove il corridoio si biforca. Non ha ancora mollato Tracy, e io continuo a seguirle.

Raggiungiamo un assembramento di studenti e attraversiamo a zig zag la folla come salmoni che risalgono la corrente.

Quando svoltiamo l'angolo successivo, capisco finalmente *come mai* Savannah abbia proprio voluto passare di lì.

In fondo al corridoio, appoggiato al muro accanto alla porta del laboratorio di scienze, c'è LJ.

«Savannah!» Il sospiro nella voce di Tracy è sufficiente a farmi capire che lo ha visto anche lei.

LJ sta guardando i suoi compagni che sfilano per entrare in aula... o meglio, sta facendo in modo che *loro* guardino *lui*. Tutte le ragazze che gli passano accanto alzano lo sguardo speranzose. Gli occhi di LJ le osservano, a una a una, come un allevatore che ispeziona il bestiame. Non accenna neanche un sorriso.

D'un tratto mi rendo conto che Savannah è scomparsa... Oh no, sta andando verso di lui!

«Salviamola prima che faccia qualcosa che finirà per rimpiangere» dico allarmata a Tracy.

«Gem, se la tua paura è che si butti su LJ, dovrà mettersi in fila.»

Ma la fila sta diminuendo in fretta, man mano che gli studenti spariscono dentro il laboratorio di scienze.

«Andiamo!» Afferro Tracy per un braccio e me la tiro dietro. Savannah si sta lisciando con una mano i lunghi capelli biondi e non la smette di fissare LJ.

«Faremo tardi alla lezione di letteratura inglese» le ricordo picchiettandole una spalla.

«Solo un minuto» mi prega lei. «La campanella è appena suonata.»

Guardo il corridoio alle mie spalle, ormai vuoto e silenzioso.

«Ma se non ti ha neanche notata!» cerca di farla ragionare Tracy.

Lo sguardo di LJ è catturato dal vetro di una finestra: osserva il proprio riflesso, poi alza una mano per sistemarsi il ciuffo castano che gli cade sugli occhi.

«Andiamo, dai...» Mi blocco, perché davanti a me è comparso Sam.

«Ciao, Gemma.» I suoi meravigliosi occhi azzurri incrociano i miei e mi fa uno di quei suoi sorrisi da "Sono-Uno-Schianto-Ma-Ne-Sono-Totalmente-Inconsapevole". Se solo LJ assomigliasse un po' di più a Sam, Savannah potrebbe avere qualche speranza.

«Ciao, Sam.» Indico il laboratorio con un cenno del capo. «È la tua lezione?»

«Due ore di fisica» scrolla le spalle. «Un buon modo per iniziare la settimana.»

Sono sorpresa di scoprire che gli piacciono le materie scientifiche. «Pensavo che ti interessasse solo la musica.»

Mi sorride. «Be', diciamo che mi piace essere in sintonia con l'intero universo.»

Sento i risolini di Savannah alle mie spalle e vengo presa dallo sconforto. Sono i suoi tipici risolini da flirt. Mi giro e la vedo che guarda LJ con aria ebete.

«Ciao, LJ. Come va?» gli sta chiedendo.

Tracy si gira verso di me e fa una smorfia, cacciando fuori la lingua come se stesse per vomitare.

LJ guarda Savannah. «Ah... ehm... ciao...»

Aggrotta la fronte come se stesse brancolando nel buio, cercando di ricordare qualcosa che ha dimenticato molto tempo fa. «Ci conosciamo, vero?» Il suo accento americano sembra più americano di quelli della TV. «Sei... ehm... Tundra, vero?»

Sam gli molla un pugno contro il braccio. «*Savannah*, idiota.»

LJ si gratta il naso. «Ah, sì, mi pareva fosse una zona climatica.» Poi si gira e scompare nel laboratorio.

Savannah lo guarda allontanarsi come una lebbrosa che ha appena ricevuto la benedizione dal papa.

Sam scuote la testa. «Il nuovo arrivato non è *esattamente* un'aquila.»

«No, a me più che un'aquila ricorda un tordo» mormora Tracy.

Le do un'energica gomitata, sperando che Sam non abbia sentito, ma lui la sta guardando come se non fosse sicuro di avere capito. «Pensavo che tutte le ragazze della Green Park facessero parte del fan club di LJ.»

Tracy fa una smorfia sprezzante. «Chiama il

pallone "football" e crede che il calcio sia stato inventato dagli americani» dice indignata.

Sotto i biondi capelli arruffati, gli occhi di Sam luccicano. «Forse risente ancora del jetlag. Speriamo che si riprenda.» Il suo sguardo torna su di me. «Ci vediamo dopo alla webzine?»

Annuisco. «Voglio iniziare a lavorare sui miei...» Mi blocco giusto in tempo. Non posso dire "oroscopi". Nessuno, a parte Cindy e Tracy, sa che Jessica Jupiter sono io. Annaspo nel tentativo di trovare le parole. «I miei... ehm... i... ehm... i test sui rossetti che sto valutando per Cindy.»

Cindy continua a darmi dei cosmetici da testare per la sua rubrica di bellezza. È il suo modo per tenere segreto il mio ruolo come scrittrice di oroscopi. Davanti a tutti sostiene che io sia l'assistente editoriale della webzine, ma io mi sento più un topo da laboratorio. Mi aspetto da un momento all'altro che un gruppo di attivisti per i diritti degli animali faccia irruzione e mi liberi, così che io possa finalmente tornare nel mio ambiente naturale.

«Che cosa devi testare, questa settimana?» chiede Sam.

«Il lucidalabbra Vampire Love rosso rubino.» Rabbrividisco. Quanto vorrei spiegargli che sono voluta entrare nella webzine per fare la giornalista, non la cavia per dei prodotti di bellezza.

Sam allunga una mano per fermare la porta del laboratorio di scienze che sta per sbattere. «Alcune ragazze non hanno bisogno di truccarsi» dice infilandosi nel laboratorio dove la sua lezione è appena iniziata.

Probabilmente parlava di Cindy, che sulla faccia ha più colori della Gioconda. Anche secondo me sarebbe molto più carina senza. Ha gli occhi azzurri, due labbra che sembrano boccioli di rosa e degli zigomi così affilati che potresti tagliarci il formaggio.

«L'avete sentito?» Savannah è rimasta immobile a fissare la porta chiusa. «Mi ha *parlato*.»

La guardo sorpresa. «Chi?»

Lei mi guarda a sua volta con gli occhi sgranati. «Ma come chi... LJ! Non l'avete sentito?»

Tracy gonfia le guance. «Sì, e ti ha chiamata "Tundra".»

«E allora?» Savannah si incammina piano lun-

go il corridoio. «Hai visto in che modo mi guardava, Gemma?»

La seguo, travolta da un'ondata di disperazione. È cotta. «Sembrava che stesse faticosamente cercando di ricordare chi eri» le rammento.

«Proprio così!» Savannah si ferma davanti alla porta dell'aula di letteratura inglese. «E alla fine si è ricordato.»

«Be', è difficile dimenticare una ragazza che si chiama "Tundra"» borbotta Tracy.

«"Tundra" è quasi lo stesso che "Savannah"» obietta lei.

Tracy appoggia la mano sulla maniglia. «Sì, vai a dirlo ai pinguini.»

Attraverso il vetro retinato della finestrella della porta vedo la professoressa Dalton che cammina su e giù davanti alla cattedra, con un libro in mano. Ryan ha appoggiato la testa sul banco e Sally Moore sta mimando qualcosa con le labbra in direzione di Anila. La lezione è chiaramente iniziata da qualche minuto, ormai. «Andiamo!» dico a Tracy con una gomitata.

«Aspettate.» Savannah estrae un vasetto di

burrocacao alla fragola dalla tasca della giacca. «Questo tempo fa malissimo alle mie labbra.» Quando toglie il coperchio, rimane a bocca aperta. «Oh, guarda!» dice ficcandomi il burrocacao sotto il naso.

«Che cosa?» Guardo, ma non capisco.

«Non vedi?» Savannah ha l'aria incredula.

Tracy si avvicina al vasetto e lo guarda anche lei. «Che cosa dovrei vedere, scusa?»

«C'è scritto LJ!» proclama Savannah.

«Ma dove?» Tracy non sembra convinta.

«Nel burrocacao. Guarda quei segni.» Indica due sbavature nel balsamo rosa. «C'è *decisamente* scritto LJ!»

Strizzo gli occhi, cercando di individuare delle lettere. «Quelle sono solo ditate» dico.

Savannah mi strappa di mano il vasetto. «Non è vero! È un segno! C'è proprio scritto LJ! Lo sapevo che eravamo fatti per stare insieme!»

La porta della classe si apre. La professoressa Dalton ci guarda severa da sopra gli occhiali a lunetta. «È molto carino da parte vostra unirvi a noi» dice sarcastica.

«Scusi il ritardo, professoressa.» Le passo accanto e corro a infilarmi al mio posto.

Mentre Tracy si siede di fianco a me, Savannah fluttua verso il fondo dell'aula con occhi sognanti.

Non posso credere che LJ abbia ridotto Savannah a una tale idiota. Tiro fuori i libri dalla borsa, promettendo a me stessa di fare subito qualcosa per mettere fine alla sua follia.

Capitolo 3

Nel salire le scale che portano alla webzine, scrivo mentalmente l'oroscopo di Savannah. Mancano solo venti minuti alla campanella della prima lezione del pomeriggio. Mi ci è voluto più tempo del previsto per venire via dalla mensa. Sav mi stava usando come scudo umano per guardare LJ che mangiava – con le bacchette! – una porzione di sushi.

È praticamente caduta dalla sedia per l'eccitazione. «Oh. Mio. Dio! È pazzescamente figo!»

Sostituite "impedito" a "figo" e aveva pienamente ragione.

Guardo l'orologio – ancora diciannove minuti – e apro la porta.

Il quartier generale della webzine è stato ricavato da un magazzino al primo piano della scuola. Il custode l'ha sgombrato e ora, a parte gli scaffali pieni di vecchi libri di testo lungo le pareti, ospita sei banchi malconci, ognuno con un computer e una sedia.

Non c'è nessuno. Wow, ho la stanza tutta per me! Mi chiedo dove siano gli altri. È il giorno della chiusura, non posso essere l'unica a non avere ancora finito il pezzo. Forse sono stati qui prima e se ne sono già andati. O forse lo stupore per l'abilità di LJ con le bacchette li ha uccisi tutti e ora giacciono morti in un corridoio da qualche parte, con i volti congelati in un'espressione di sgomento.

Ho già in mente l'articolo.

MASSACRO AL GIORNALE

Oggi l'intera redazione della webzine della Green Park è stata stroncata a morte per lo sbigottimento nel vedere l'abilità senza precedenti di un nuovo compagno di scuola. LJ Kennedy, arrivato di recente dagli Stati Uniti, stava mangiando sushi in sala mensa servendosi delle bacchette. In una comunità in cui le forchette e le dita la fanno da padrone, questo sorprendente numero di destrezza manuale ha fatto piombare l'intera scuola nell'isterismo. La direttrice della webzine, Cindy Jensen, è stata la prima a soccombere con la schiuma alla bocca, sopraffatta dallo shock. Will Bold è crollato qualche minuto più tardi: il volto stravolto, è atterrato sul corpo ancora in preda alle convulsioni della sua collega, anche se non è ancora chiaro se a ucciderlo sia stato lo sbalordimento o il disprezzo.

Il vecchio orologio della scuola appeso sopra la porta sottolinea rumorosamente il passare dei secondi. Interrompo il mio monologo interiore.

Nel sedermi a un banco, inalo il piacevole odore di carta e legno vecchi che riempie il magazzino. È l'odore che immagino potesse avere una redazione nei giorni prima dell'avvento della comunicazione ad alta velocità. Ho preso il computer più potente, contenta che non ci sia Will a farsi largo a gomitate per accaparrarselo, come fa di solito. Nel tempo che ci metto ad accendere il PC e ad aprire il documento con l'oroscopo di questa settimana, il futuro di Savannah è già scritto nella mia testa. Mi bastano due secondi per calarmi nei panni di Jessica Jupiter e batterlo al computer.

Pesci

"Il tuo è il segno più idealista e sognatore dello zodiaco, Stellina, ma non farti prendere nella rete! Prima di tuffarti in una nuova relazione, verificane la profondità. Forse, mia cara Sirenetta, pensi di aver trovato la persona che cercavi, ma il tuo affascinante principe potrebbe rivelarsi tutto fascino e... poco principe."

Mi fermo, appoggiandomi allo schienale della sedia. Potrebbe non essere sufficiente a convincere Savannah. So per esperienza che, quando è innamorata, è difficile distoglierla dall'obiettivo. Accigliata, picchietto le unghie sul tavolo: ho smesso di mangiarmele da quando sono diventata Jessica. Sfoggiare delle dita rosicchiate non si addice all'immagine di donna seducente che le ho costruito attorno. Anche se devo ancora combattere l'istinto di farlo.

Mi viene un'idea. Potrei incoraggiare Marcus a chiedere di nuovo a Savannah di uscire. Potrebbe distrarla. Dopotutto, un appuntamento vero batte un appuntamento immaginario, no? In realtà io ho sempre avuto solo appuntamenti immaginari, quindi non lo so per certo, ma sembrerebbe logico fosse così. Decido di fare una veloce ricerca su Facebook per scoprire il giorno in cui è nato Marcus, e quindi scoprire di che segno è per scrivere il suo oroscopo con un garbato incitamento a riprovarci.

Mentre faccio il login, si apre la porta.

«Ciao.» È Sam.

Digito il nome di Marcus nel box di ricerca, sollevando a malapena lo sguardo dalla tastiera. «Ciao» rispondo al saluto.

«Hai sentito la novità?» Sembra eccitato.

«Quale novità?» chiedo, questa volta alzando gli occhi per guardarlo.

È seduto sul banco di fronte al mio e mi fissa con occhi impazienti. «Quella sul mio gruppo.»

«Il tuo gruppo?» Premo INVIO.

«Sì, al Sounds ci hanno offerto uno spazio fisso per suonare alle serate Under 18.»

«Wow!»

Non c'è da stupirsi che abbia un'aria così felice. Il Sounds è un locale in città. Normalmente è frequentato solo da maggiorenni, ma un paio di settimane fa hanno annunciato che avrebbero istituito una serata Under 18 il primo venerdì di ogni mese, con libero accesso ai ragazzi tra i quattordici e i diciotto anni. E questo mese, tutti i venerdì sera, prima di mezzanotte, potranno entrare *solamente* i minorenni... Quindi ottenere di suonare lì con una certa regolarità deve essere una soddisfazione pazzesca per lui.

«Grande! Bravi.»

«Grazie.» Le sue dita giocherellano nervose sul bordo del banco. Si nasconde dietro la frangia bionda e arruffata. È carino che sia così imbarazzato quando parla della sua musica, mentre riesce a essere tanto entusiasta di altri gruppi.

«Sono davvero felice per te» gli dico sincera. «Te lo meriti proprio.»

«Grazie.»

Torno a guardare lo schermo, aspettandomi di trovare un'ordinata lista di Marcus Bainbridge. Ma non c'è traccia dei risultati della mia ricerca. Davanti a me c'è solo il mio profilo... e in testa al profilo ci sono le parole: "Marcus Bainbridge".

Come?

L'orrore mi assale. Sento un brivido lungo la schiena.

No!

Ho digitato il nome di Marcus nella mia casella di *stato,* invece che in quella di *ricerca*!

Oddio, devo cambiarlo subito!

Cindy entra proprio mentre mi avvento sul mouse. «Appena arrivano tutti, vorrei dirvi due parole prima che suoni la campanella» annuncia.

Dopo di lei, come dal nulla appare Will. «Grazie, Gemma.» Si china sul mio banco, mi ruba il mouse dalle dita e, con un *clic,* chiude la mia finestra. «Mi hai risparmiato di dover aspettare che si accendesse.»

«M-ma...» Lo fisso, a bocca aperta.

«Scusa» mi dice spingendomi via dalla sedia «ma puoi giocare su Facebook nell'aula di informatica. Io ho del lavoro *vero* da fare.»

Mi alzo, lanciandogli un'occhiata furiosa.

«Che c'è?» Mi guarda sconcertato. «*Lo sai* che questo è il mio computer.»

Sam alza la testa. «I computer appartengono a tutti, Will.»

Will scrolla le spalle, indicando il PC sul banco accanto. «Infatti, lei può usare quello.»

Cindy interviene. «Sentite, ragazzi» dice, con il tono di chi cerca di far ragionare dei marmocchi «è il giorno della consegna e non ho ancora ricevuto i vostri articoli. Voglio che me li mandiate finiti prima della riunione di oggi pomeriggio. Come sapete, la pubblicazione è dopodomani mattina ed è un grosso lavoro controllarli tutti.»

Ascolto a malapena l'appello della Regina di Ghiaccio. Continuo a fissare sbigottita il computer di Will. Ho appena pubblicato il nome di Marcus nella mia casella di stato! Penseranno tutti che mi piaccia!

«Gemma?» Cindy picchietta il piede a terra.

«Sì?» Mi butto sul computer del banco accanto e lo accendo. Due minuti alla campanella... *Andiamo!*

«Spero che tu abbia del materiale per me sul lucidalabbra che ti ho dato.»

Gli occhi di Will si illuminano. «Nemmeno tu hai finito il tuo pezzo, Cindina?»

«Sto aspettando i dati di Gemma.» Immagino che Cindy voglia sapere se ho finito gli oroscopi, ma in questo momento non m'importa, sono troppo occupata a incitare il computer ad accendersi.

«Non puoi scrivertele da sola, le recensioni?» chiede Will. «Pensavo che, se mai potessi avere una valida opinione su qualcosa, quello fosse il trucco.»

La mia rabbia esplode. Perché rubare il mio computer per poi trascorrere gli ultimi due minuti della pausa pranzo a stuzzicare Cindy? Compare la schermata di login della scuola e digito il mio username. Tra i ronzii e i ticchettii dell'hard disk, suona la campanella.

No!

«Ci vediamo dopo.» Sam esce.

Non alzo lo sguardo. I miei occhi sono fissi sullo schermo. Non è neanche ancora comparsa la barra delle applicazioni.

Sbrigati!

Will spegne il suo computer e si dirige verso la porta. Quando passa accanto a Cindy, lei gli lancia un'occhiataccia omicida, poi la direttrice della webzine si volta e guarda me. «Vieni, Gemma.»

«Ancora un minuto» rispondo secca.

Sento che è sulle spine.

«No, *adesso!*» sbotta mentre gira attorno al mio banco e stacca la spina.

Lo schermo davanti ai miei occhi diventa subito nero. L'ha spento!

«Perché l'hai fatto?» le chiedo a denti stretti.

«Se la webzine inizia a farci fare tardi alle lezioni, ci costringeranno a chiudere.»

Faccio un respiro profondo.

La Regina di Ghiaccio ha appena distrutto *di nuovo* la mia vita, ma non le darò la soddisfazione di vedermi turbata.

Afferro la borsa ed esco passandole davanti,

rivivendo nella mia testa la sua morte a causa delle bacchette da sushi di LJ.

Trascino i miei piedi fino all'aula di matematica, accecata dalla rabbia e dalla disperazione. Ora non potrò cambiare il mio stato su Facebook prima della fine delle lezioni.

E se qualcuno lo vedesse? Oddio, ne morirei!

Le spalle spioventi, la testa bassa per nascondere le lacrime di frustrazione che mi bruciano gli occhi, mi unisco allo sciame di gente che sta entrando in aula.

Tracy è già arrivata. Scivolo nel posto accanto al suo, rossa in volto.

«Cos'è successo?» mi chiede, mentre attorno a noi è tutto uno sbattere di sedie.

«Ho fatto un disastro» piagnucolo. «Stavo cercando il profilo di Marcus su Facebook per vedere il suo segno e ho digitato il suo nome nella mia casella di stato invece che in quella di ricerca.»

Tracy si avvicina. «Ma l'hai cancellato, vero?»

«No, non ho potuto farlo!» gemo. «È entrata Cindy e ha iniziato a blaterare, poi Will mi ha spinta via dal computer e subito dopo è suonata la campanella.»

La frustrazione mi ribolle nello stomaco.

Tracy si morde il labbro. «Puoi cambiarlo subito dopo la scuola... nessuno farà in tempo a vederlo» dice per rincuorarmi.

«Forse hai ragione.» In me si riaccende un barlume di speranza. Non sono l'unica a essere chiusa in classe. *Nessuno controllerà Facebook prima di tornare a casa,* mi dico per calmarmi.

Il mio raggio di speranza brilla per circa tre secondi, finché Tracy non mi dà una gomitata.

Ha gli occhi fissi su Ryan e Marcus, due file davanti a noi.

Da dove sono seduta, posso vedere lo smartphone di Ryan sotto il banco. Il suo bagliore azzurrognolo illumina la gamba di Marcus, che abbassa lo sguardo, strizzando gli occhi per leggere.

Quando riconosco il blu e bianco del sito di Facebook, mi sento mancare. Ryan gli sta mostrando la sua pagina. Nel girare il telefono in modo che Marcus possa vederlo meglio, mi lancia un'occhiata da sopra la spalla. I suoi occhi ridono divertiti.

«Oh. Mio. Dio... L'ha visto!» dico a Tracy tra i denti.

Marcus si gira sulla sedia.

Prima di abbassare la testa e seppellirmi nel libro di matematica, vedo la sua espressione sbalordita.

Penserà che sia cotta di lui.

Il tempo rallenta. Le due ore di matematica si trascinano lente, *troppo* lente. Quando finalmente suona la campanella, scatto in piedi e corro alla porta.

«Ti chiamo più tardi» mi grida Tracy.

«Okay!» Mi precipito in corridoio e salgo di corsa tre scalini alla volta, poi volo alla webzine. Un campione olimpico non avrebbe potuto coprire la distanza in meno tempo.

Irrompo nel magazzino e rimango inorridita nel vedere che tutti e sei i computer sono occupati. Cindy, Will, Jeff, Sam, Barbara, Dave e Phil sono già lì e stanno scrivendo.

«Come avete fatto ad arrivare così in fretta?» domando senza fiato.

Barbara alza gli occhi e sorride. «Ciao, Gemma.

Avevamo l'ora buca. Stiamo finendo i nostri articoli prima della riunione» spiega.

Cindy è al computer vicino alla finestra. «Riunione che inizia fra due minuti» precisa.

Will martella sulla tastiera. «Facciamo cinque» commenta senza fermarsi. «Devo finire l'ultimo paragrafo.»

Jeff scrive a testa bassa, la fronte corrugata.

«Jeff» provo a chiedere «posso usare il tuo computer? Solo per un minuto...»

Lui scuote la testa. «Mi dispiace, Gem, sto chiudendo il mio pezzo sull'ultima partita. Però non ci dovrei mettere molto.»

Will si agita sulla sedia. «Non puoi aspettare di arrivare a casa, per controllare Facebook?»

Combatto l'impulso di tirargli addosso la borsa. «C'è una cosa importante che *devo* fare!»

«Quanto importante può essere?» risponde lui brusco. «Sei solo un'assistente.»

Le sue parole mi trafiggono come uno stiletto. *Aspetta e vedrai, Will Bold! Alla prima occasione ti mostrerò che cosa so fare!*

«Vuoi usare questo?» Sam si alza dalla sedia.

Trabocco di gratitudine. «Grazie, Sam, mi salvi la vita.»

A quel punto Cindy si schiarisce la gola. «Ok, spero che ora abbiate finito tutti.»

Will batte l'ultima raffica di colpi sulla tastiera e si appoggia allo schienale della sedia con aria compiaciuta. «Io ci sono.»

No!

«Allora iniziamo.» Cindy solleva la sedia oltre il banco e l'appoggia dall'altra parte.

Con gran chiasso gli altri fanno lo stesso, sistemandosi in cerchio al centro della stanza.

«Un attimo... cambio solo velocemente una cosa...» Guardo smaniosa il computer di Sam.

Cindy mi gela con un'occhiata glaciale. «Alcuni di noi devono prendere l'autobus, Gemma. Vuoi far fare tardi a *tutti*?»

Tutti mi guardano aspettando la mia risposta.

«No» sospiro.

«Bene, allora vieni, così cominciamo» mi ordina Cindy.

Ho il cuore pesante come il piombo. Prendo una sedia e la sbatto a terra accanto a quella di Dave.

Mentre l'universo mi crolla addosso, Cindy afferra il suo portablocco. «Punto numero uno.»

Oddio, questa riunione durerà in eterno.

Faranno tutti in tempo a tornare a casa, mangiarsi qualcosa, vedere il mio stato su Facebook e postare una serie di commenti che non oso nemmeno immaginare.

Capitolo 4

«Bene.» Cindy picchietta con la penna sul portablocco. «Ora passiamo alla consegna... Avete tutti finito i vostri articoli di questa settimana?»

Una ola di teste che annuiscono fa il giro del cerchio.

«Perfetto.» E Cindy spunta una voce sul suo ordine del giorno. «Dunque, ricapitoliamo un po' che cosa abbiamo...» Ci guarda a uno a uno con il carré biondo che le sbatte sulle guance. «Dave?»

Dave Senior si sistema gli occhiali sul naso. «Phil e io abbiamo recensito l'ultimo sparatutto della serie *Space Cops*» annuncia.

Sam sorride. «L'ho provato anch'io» confessa. «È fantastico. Ha una gamma infinita di armi.»

Phil annuisce. «Anche la giocabilità è buona. Trama serrata. Ottima curva di apprendimento. Non si finisce ammazzati alla prima missione, ma la terza è abbastanza impegnativa da spingerti a continuare a giocare.»

Barbara lo osserva con la serietà di una civetta attempata e domanda: «La violenza non ti preoccupa?»

Phil la guarda come se gli avesse appena chiesto se ha paura dei mostri. «Perché dovrebbe? Non è mica reale.»

Sam si sporge in avanti. «Avete visto la trappola al secondo livello?»

Dave si dà una pacca sul ginocchio. «Ci sono caduto dentro quattro volte prima di trovare il modo di aggirarla.»

Phil annuisce di nuovo. «Devi sparare alla guardia *prima* di imboccare la passerella.»

Cindy rotea gli occhi. «Sì, sì. Ci siamo fatti un'idea.» Poi il suo sguardo torna a concentrarsi su Dave. «Quante parole hai scritto?»

«Seicentocinquantadue.»

«Bene.» Cindy fa un marcato segno di spunta sull'ordine del giorno. «Dunque, Jeff, quali partite hai coperto questa settimana?»

Jeff si appoggia allo schienale, rimanendo in equilibrio sulle gambe posteriori della sedia. «La partita di rugby dell'under 15 e il torneo di nuoto dell'ultimo anno. E poi ho riportato i risultati dei playoff di basket del Primo Anno.»

«Ottimo.» Cindy fa un altro segno sul portablocco, poi si rivolge a Barbara. «Spero che tu abbia pronto per noi un altro dei tuoi magnifici articoli sul tempo libero, Barbie.»

La frustrazione mi divampa nel petto. I pezzi di Barbara sono così noiosi che tutte le volte che li leggo mi viene voglia di piantarmi delle forchette negli occhi per trovare un po' di sollievo. Uno si intitolava FARE I COMPITI: DODICI PUNTI PER UNA PRESENTAZIONE ORDINATA.

Io potrei fare *molto* meglio. Ho tre idee che mi frullano per la testa anche adesso: *DISORDINI ALIMENTARI: I CINQUE SEGNALI D'ALLARME*; *COLTIVA LE TUE AMBIZIONI: DIECI CONSIGLI PER ASSICU-*

RARTI IL LAVORO DEI TUOI SOGNI. E infine, *MILLE E UNA RAGIONE PER CUI QUELLI DEL SECONDO ANNO DOVREBBERO STUDIARE DA CASA.*

Digrigno i denti. Barbara ha ottenuto la rubrica sul tempo libero solo perché è la migliore amica di Cindy. Quelle due sono inseparabili fin dall'asilo, anche se Cindy sembra uscita dalla copertina di "Vogue", e Barbara da un bidone per la raccolta differenziata. Me le immagino sedute nella camera da letto completamente rosa di Cindy, a tostare marshmallow sopra una candela e a condividere i loro più intimi segreti.

"Barbie" sospira Cindy facendo girare sulla minuscola fiamma il suo marshmallow, che si riempie di bolle. "Sarebbe *uno sballo totale* se scrivessi la cosa più noiosa che ti viene in mente questa settimana."

"Oh, Cindy" risponde Barbara con un sorriso ebete sul volto "ho già un'idea."

Cindy si porta le mani alla gola tremando eccitata. "È più noiosa del tuo articolo sui compiti? Questa settimana spero davvero di annoiare *a morte* i nostri lettori."

"Questo articolo è *assolutamente* perfetto per questo scopo" annuisce Barbara entusiasta. "È *molto* più noioso di qualunque altro io abbia mai scritto."

La mia "rosea" fantasia svanisce quando la Barbara del mondo reale si tira giù l'informe gonna marrone per coprirsi le ginocchia. Noto le grinze del collant coprente color carne e mi chiedo se le piacerebbe l'abito di tweed che ho comprato per Tracy.

«Questa settimana ho spostato l'attenzione sulle *relazioni*» annuncia orgogliosa.

Mi rizzo sulla sedia. Possibile che abbia scritto qualcosa di interessante? Tipo... *DIECI DRITTE TOP-SECRET SUI BACI; FIN DOVE ARRIVARE AL PRIMO APPUNTAMENTO.*

Barbara sorride a trentadue denti e... «ECCO PERCHÉ GLI INSEGNANTI SONO NOSTRI AMICI» annuncia fiera.

Oddio, ma dove vive questa? Sul pianeta degli sfigati? Non mi sorprende sentire Will che scoppia a ridere.

Cindy gli lancia un'occhiataccia.

Esamino le espressioni sui volti degli altri.

Sam si sta grattando la testa, chiaramente stupito. «*Scusa, come possono, gli insegnanti, essere nostri amici?*»

Barbara si china in avanti, i tondi occhi castani hanno un'aria serissima. «Com'è possibile che *non* lo siano?» tenta di spiegare. «Fanno *così tanto* per noi... Sinceramente penso che non apprezziamo mai a sufficienza il loro aiuto. Se lo facessimo, potremmo imparare molto di più da loro e dall'istruzione che ci offrono.»

Will si china a sua volta in avanti per guardarla negli occhi. «*Ma stai dicendo sul serio?*»

«Certo!» Lo sguardo di Barbara non ha alcuna esitazione. Forse non è la ragazza più trendy della Green Park, ma ammiro il modo che ha di portare avanti con determinazione le sue idee.

Will scrolla le spalle e si riappoggia allo schienale della sedia. «Contenta tu.»

«Sembra davvero fantastico, Barbara. Non vedo l'ora di leggerlo» dice Cindy prendendo un appunto sul suo blocco.

Poi si rivolge a Will: «E tu, cos'hai da proporci questa settimana?»

Will incrocia lentamente le gambe. «Una prosa concreta e basata sui fatti, come al solito» risponde lui dandosi un tono. «Ma non voglio annoiarvi con i dettagli.»

Il labbro di Cindy ha una contrazione. Atteggiando le sopracciglia perfettamente disegnate in un'espressione indulgente, allunga un braccio e gli sfiora un ginocchio. «Non preoccuparti, Will» la sua voce è sciropposa «se è noioso, posso sempre vivacizzarlo un pochino qua e là mentre lo correggo.»

Will le spinge via la mano. «Non osare toccarlo!» ringhia. «Non voglio che lo rovini con quel tuo linguaggio svolazzante.»

«Calmati, William.» Cindy lo guarda con un sorriso languido sulle labbra. «Avanti, dunque, dicci di che cosa si tratta. Stiamo tutti *morendo* dalla curiosità.»

Lui la incenerisce con un'occhiata omicida. «È sullo studio» borbotta.

«Oooh.» Barbara batte le mani. «Sarà utilissimo. Vuoi darci dei consigli sul modo più efficace di studiare?»

Will non la degna neanche di uno sguardo. Sta ancora cucinando Cindy a fiamma lenta con le sue occhiatacce di fuoco. «È sui pericoli del *troppo* studio» dice. «Ho citato resoconti medici e opinioni di specialisti, citando dei casi concreti.»

«Sembra interessante.» Cindy fa un segno sul blocco, senza fretta. «Non sto più nella pelle dalla voglia di leggerlo.»

Will si tira su a sedere, il volto cupo e minaccioso. «E il *tuo* pezzo, Cindina, di che cosa parla?»

Cindy alza il mento. Siamo incollati alle sedie come scimmie, in attesa della lotta fra gorilla.

«Ho scritto un articolo *stupefacente* su come alcuni cibi siano legati alla bruttezza.»

Un articolo su come alcuni cibi siano legati alla bruttezza... Ma come diavolo le vengono in mente queste stupidaggini?

Will la annienterà!

E infatti lui si mette comodo e sorride. «Sapevo di diete che fanno *dimagrire,* ma non sapevo che esistessero quelle che fanno diventare brutte...»

«Oh, sì.» Ora Cindy è seria. «Essere belli o no dipende da noi. La chiave per un bell'aspetto è un'alimentazione corretta. Troppi carboidrati ti rendono giallognolo e ti fanno cadere le guance, mentre con la verdura cruda avrai il viso e il corpo di una modella.»

Mi faccio piccola piccola. Lei penserà che mangio solo croste di pane.

Will incrocia le braccia. «Forse potresti preparare una presentazione in Power Point da mostrare allo staff della mensa» suggerisce. «Alla Green Park ci servirebbe proprio, qualche modella.»

Lo guardo torva. È questo che ci vuole per piacergli? Un aspetto da modella?

Se avrò mai un ragazzo, dovrà amarmi per il mio cervello... Oddio, ma chi sto prendendo in giro? Mi accascio sulla sedia. Sarei superfelice se i ragazzi pensassero che sono uno schianto, nonostante i miei capelli e il naso lentigginoso.

«Si sta facendo tardi.» Sam dà un'occhiata all'orologio. «Che ne dite se vi aggiorno sul mio articolo, così poi possiamo dichiarare chiusa la giornata?»

«Ti stavo tenendo per ultimo, Sam» dice Cindy con voce mielosa.

Sam strofina i palmi delle mani sulle ginocchia. «Ho preso in esame una nuova band, i Furia Gnoma.»

«Forte!» esclama Cindy.

«Grande gruppo dal vivo» spiega Sam. «Ottima atmosfera. Ho incluso anche una lista delle dieci canzoni più scaricate questa settimana e ho aggiunto qualche commento.» Si passa le dita fra i capelli. «È solo la mia opinione, ovviamente. Ognuno ha i propri gusti.»

«Mi sembra fantastico, Sam.» Cindy è troppo occupata ad avvolgere una ciocca ribelle dei suoi capelli setosi attorno alla biro per spuntare il nome di Sam sul portablocco. «Sono sicura che i nostri lettori adoreranno il tuo pezzo.»

Will grugnisce. «Suona molto meglio del tuo articolo MANGIA-LA-FRUTTA-E-NON-SARAI-MAI-PIÙ-BRUTTA.»

Cindy si gira verso di lui di scatto, trasformandosi da docile agnellino in grosso lupo cattivo. «Io, almeno, non annoio i miei lettori utilizzando le statistiche per affermare l'ovvio. Su che cosa stai lavorando per la settimana prossima, Will? Su un articolo ben documentato comprovante che *alcuni* ragazzi sono più alti di *alcune* ragazze?»

Will si gratta il naso. «Il pezzo della prossima settimana ti travolgerà, Cindina.»

«Davvero, Will?» Cindy stringe gli occhi. «Perché non ce ne parli?»

«È un segreto.»

«Perché non esiste?»

«Sì che esiste.»

«Provalo, allora.»

«Io non devo provare proprio un bel niente.»

Mi tiro su sulla sedia. Ho il cervello che mi frulla. Questo scontro potrebbe diventare l'occasione perfetta per essere promossa e smettere di dedicarmi agli oroscopi.

Rivolgo a Will il mio migliore sguardo da cerbiatta. «Magari è qualcosa su cui ti posso aiutare?»

Mi squadra come se fossi una scimmia che ha appena imparato a parlare. «*Tu?*»

È proprio la reazione nella quale speravo. Mi giro verso Cindy con un'espressione supplichevole, soddisfatta nel vedere un lampo nei suoi occhi. Lo sapevo, non si lascerà sfuggire l'opportunità di sabotare Will.

«Che splendida idea, Gemma!»

Ha abboccato! Mi tengo alla sedia, frenando l'eccitazione. L'affare non è ancora concluso.

Will mi fissa. «Come può *lei* aiutare *me*?»

Lo fisso a mia volta, con un sorriso stampato sulla faccia.

«È la nostra assistente editoriale» gli ricorda Cindy. «Il suo compito è proprio quello di dare una mano.»

Mi preparo alla risposta di Will, quando la porta si apre e fa capolino Harris. «Ah, bene» dice il prof. «Siete ancora qui. Ho pensato di passare a vedere come sta andando. Siamo in orario sulla tabella di marcia per la prossima edizione?»

«Cinderella vuole che io permetta a una studentessa di Prima di aiutarmi con il mio prossimo articolo» si lamenta Will.

Cindy guarda il professor Harris. «Sarebbe un'ottima esperienza per Gemma» dice dimostrandosi oltremodo entusiasta. «So che non aspetta altro che di essere coinvolta in modo più serio nel nostro giornale.»

Il professor Harris annuisce, d'accordo con quanto sta dicendo Cindy. «È una buona idea.»

Poi si volta verso di me e con un sorriso mi chiede: «Ti piacerebbe, Gemma?»

«Oh sì, moltissimo!» So di essere solo una banana che Cindy sta gettando a Will, ma non mi interessa. Se mi farà ottenere un *vero* incarico, ne sarà valsa la pena.

«Okay, allora.» Il professor Harris si rivolge a Will. «Sono sicuro che troverai in Gemma una valida risorsa.»

Le nocche di Will sono bianche, da quanto stringe i bordi della sedia. «Va bene, professor Harris» borbotta a denti stretti.

«Il prof si guarda attorno. «Be', sembra che tu abbia tutto sotto controllo, Cindy. C'è qualcos'altro in cui posso aiutarvi?» chiede distratto.

«No, grazie, professore.» Cindy è insolitamente gentile.

«Allora vado.» Harris si ritira, chiudendo la porta dietro di sé.

Io ringrazio l'angelo – qualunque esso sia – che me l'ha mandato.

«Perfetto.» Cindy strappa l'ordine del giorno dal suo portablocco. «Penso sia tutto, per oggi.»

Mi aspetto quasi che Will si avventi su di lei per strozzarla, ma lui si limita ad afferrare la sacca e a uscire di corsa.

Mentre il resto del gruppo inizia a infilarsi le giacche e a raccogliere le borse, rimango immobile. Sento improvvisamente un buco nello stomaco.

Che cosa ho fatto?

Aiuterò Will a scrivere un articolo serio!

L'ombra nera del fallimento incombe su di me come una tempesta minacciosa. E se faccio un casino e dimostro di non essere capace di nient'altro che di scrivere oroscopi?

Capitolo 5

"Stai giù!" La voce sussurrata di Will riecheggia nel magazzino buio.

Mi chino accanto a lui, nascondendomi dietro una fila di barili di metallo. Sbirciando nell'oscurità della notte, riesco a malapena a distinguere un furgone. Due uomini corpulenti stanno spingendo un gruppo di persone tutte accalcate verso il retro del veicolo.

"Sono i furgoni che li portano alle grotte dei funghi" sussurra Will.

"E questo succede *ogni* notte?"

Prendo il mio taccuino da reporter dalla tasca.

È un taccuino immaginario, naturalmente.

Nel mondo reale sto lavando i piatti sporchi

della cena: spaghetti e polpette. Nella mia testa sto aiutando Will a smascherare una pericolosa banda di trafficanti di uomini.

"Sì, tutte le notti." Will estrae una mini videocamera dalla tasca. "Ho tenuto d'occhio questo posto per una settimana. È sempre la stessa storia. Quegli uomini fanno salire gli immigrati su un furgone, li portano alle grotte dei funghi per una notte di raccolto, poi all'alba li riportano indietro."

Prendo una pentola e la immergo nell'acqua calda con il detersivo. Sul fondo sono rimasti attaccati dei residui collosi di pasta.

Mentre li affronto con la spugnetta ruvida, nel magazzino avvolto dalle tenebre rimbomba un forte rumore metallico. Gli uomini hanno chiuso lo sportello del furgone. Ora salgono in cabina e accendono il motore. I fumi di scarico mi pungono il naso.

Gratto la padella sporca di sugo, poi la metto sotto l'acqua fredda, guardando le bolle di sapone che vengono sciacquate via e spariscono nello scarico.

Le ruote stridono sul cemento bagnato e il

camioncino riparte sgommando fuori dal portone semiaperto all'altra estremità del magazzino.

"Andiamo." Will sbuca da dietro i barili. "Non abbiamo molto tempo."

Ho lo sguardo fisso sul lavello e mi incanto a guardare le macchie di grasso che galleggiano tra le bolle di sapone.

L'acqua gocciola dalle travi, alte sopra le nostre teste. Attraversiamo di corsa il magazzino, calpestando pozzanghere oleose; mi affretto per stare al passo con Will, il cuore che mi martella.

"Di qui." Will corre a zig zag fra i pilastri d'acciaio fino a una scala metallica, poi inizia salire e i suoi passi risuonano sui gradini.

Lo seguo ma, quando arriviamo in cima e imbocchiamo una passerella che corre alta sopra il pavimento, sono ormai senza fiato.

Cerco a tentoni le posate sul fondo del lavello. Mentre tolgo gli spaghetti incastrati fra i rebbi di una forchetta, Will si dirige verso una stanza rivestita d'acciaio.

Si ferma davanti alla porta. "Non sento nessuno" dice.

Tiro fuori dalla tasca una torcia elettrica e gliela passo. “Questa potrebbe servirti.”

“Buona idea, Gem” sussurra lui, superando la soglia.

Allungo una mano dietro di me per prendere l’ultima padella che è rimasta sul piano cottura e la immergo nell’acqua.

Will accende la torcia elettrica. Il suo raggio illumina il pavimento, rivelando un ammasso di sacchi a pelo, vestiti e coperte.

Rimango senza fiato. “Quanta gente dorme qui dentro?”

Will scrolla le spalle. “Una ventina di persone, a volte trenta.”

L’aria è calda e pesante, e l’odore viziato di sudore mi dà la nausea.

“Tengo io la torcia” dico a Will. “Così tu puoi filmare.”

Will inizia a riprendere ciò che vediamo. Sono impaziente di pubblicare la notizia.

“Guarda là.” Con un cenno del capo indica, in un angolo della stanza, un secchio puzzolente.

“Cos’è?” chiedo.

"Lo usano come gabinetto."

Il telefono squilla mandando in frantumi la mia fantasia e io quasi rompo un piatto.

«Vai tu, Gem?» grida la mamma dal soggiorno.

«Sì!» Mi asciugo le mani sui jeans e rispondo. «Pronto?»

«Gemma!» È Tracy e sembra preoccupata.

«Che cosa c'è?»

«Facebook!» strilla. «Perché non hai cambiato il tuo stato?»

«Oddio, il mio *stato*!» Divento rossa come un gambero. Con tutta l'eccitazione e la preoccupazione di aver ottenuto un vero incarico, mi sono completamente dimenticata di non aver cambiato il mio stato. C'è ancora scritto "Marcus Bainbridge". «Ti richiamo tra dieci minuti.» Riattacco e corro in soggiorno.

Ben è rannicchiato sul divano accanto alla mamma, già in pigiama e con la fisioterapia fatta. Sta facendo l'aerosol. Papà russa in poltrona, con la testa che gli ciondola e la bocca aperta. Oggi ha fatto un turno extra al lavoro.

Passo loro accanto in tutta fretta, precipitandomi al tavolino nell'angolo. Accendo il computer.

«Tutto bene?» La mamma alza lo sguardo allarmata.

«Devo vedere una cosa su Facebook.» Faccio scivolare avanti e indietro il mouse sul tavolino, sperando che questo velocizzi il computer. Gli ci vuole più tempo a mettersi in moto, che a papà ad alzarsi la domenica mattina. «Perché abbiamo un PC così vecchio?»

Le icone sul desktop iniziano a lampeggiare lentamente, mentre il processore si trascina fuori dal letargo dello standby faticando a diventare operativo.

«Mi spiace, tesoro.» La mamma scuote la testa comprensiva. «Nella lista delle cose da comprare viene subito dopo il nuovo nebulizzatore per Ben.»

Mi sento subito male per essermi lamentata. Il compressore dell'apparecchio per l'aerosol di Ben sta tirando le cuoia. Sento la povera vecchia pompa gemere nello sforzo di spingere aria nella camera: aria che trasforma il medicinale di mio fratello in una nebbiolina che lui deve inspirare. Se si rompe, dovremo tirare fuori la pompa a pedali e fare a turno fino a che papà non avrà racimolato abbastanza denaro per comprarne una nuova, quindi è *molto* più importante avere un nuovo nebulizzatore che un PC superveloce.

Mi siedo al tavolino, apro la mia pagina di Facebook e faccio il login.

Eccolo scritto lì: “Marcus Bainbridge”.

Mi sento male. Ci sono quattordici commenti.

Speriamo che gli arrivi il messaggio!
Lauren Allerton.

Attento, Marcus, sei marcato a vista!
Josh Carter.

Ehi, Gem, mi hai tagliata fuori dalle ultime novità!
Sally Moore.

<3 <3 <3 <3
Ryan Edwards.

Abbasso piano la testa e sbatto silenziosamente la fronte sul tavolino.

«Che cosa succede, tesoro?» La mamma si è girata a guardarmi.

«Un disastro» sospiro.

«Posso fare qualcosa?» chiede.

Scuoto la testa senza nemmeno sollevarla dalla liscia superficie d'abete. «Ora provo a rimediare.» Faccio un profondo respiro e mi tiro su.

Posizionando il cursore in una nuova e immacolata casella di stato, inizio a digitare. Ho deciso di fare la disinvolta, e infatti scrivo: "Ooops. Uno stupido errore. Stavo cercando il nome di Marcus e per sbaglio l'ho pubblicato nella mia casella di stato. Che ridere!"

Premo INVIO e il nuovo stato compare al proprio posto in alto a sinistra del mio profilo.

Lo leggo. *Stavo cercando il nome di Marcus e per sbaglio l'ho pubblicato nella mia casella di stato.*

Oddio, ma che cosa avevo in testa? Così suona anche *peggio*! Ora *tutti* sapranno che stavo cercando il suo profilo!

Incluso Marcus.

Impietrita, fisso lo schermo con le mani sospese a mezz'aria sopra la tastiera, cercando di pensare alla frase perfetta per strapparmi alle fauci dell'umiliazione.

Squilla il telefono sul tavolino lì accanto. Tiro su prima che svegli papà. «Pronto?»

«Sono io!» Savannah sembra estasiata. «Perché non me l'hai detto? Non ne sapevo nulla! Anche Sal è fuori di sé. Lei, che adora essere la prima a fiutare un amore che sboccia...»

«No, non è...» la interrompo.

Ma Savannah è troppo occupata a comunicarmi il suo entusiasmo per lasciarmi dire una sola parola. «Sarete una coppia bellissima. Marcus è *dolcissimo*. Gli hai parlato stasera? Lui non ha ancora cambiato la sua situazione sentimentale... E neanche tu! Avete intenzione di farlo contemporaneamente? Sarebbe così romantico...»

Non l'ascolto più. Il cuore mi sta scivolando nelle scarpe. Così imparo a cercare di mettere insieme Savannah e Marcus!

Il mio brillante piano è fallito.

Peggio: il missile d'amore che avevo puntato su Marcus si è rivelato una bomba suicida.

Capitolo 6

La mattina dopo è una di quelle limpide e frizzanti mattinate di marzo che ti fanno sperare che, dopotutto, la primavera stia per arrivare.

Cioè... questo quando non hai appena distrutto la tua vita su Facebook.

Sto andando a scuola a piedi, con Savannah che cammina al mio fianco. «Quindi non ti ha ancora chiesto di uscire, giusto?»

La guardo come se stesse farneticando e chiedo: «Perché dovrebbe?»

«Come *perché*?»

«Forse perché sono una stalker fissata che lo perseguita?»

Tracy ci segue, curva sotto il peso del suo grosso borsone sportivo. «Scusate, mi potete dire perché stiamo andando a piedi, invece che prendere l'autobus?»

Savannah rotea gli occhi. «Abbiamo bisogno di parlare, *noi*» spiega. «E sul 32 non si riesce a chiacchierare in pace.»

«Ah.» Tracy dà un calcio a una lattina e la spedisce nel canale di scolo. Abbiamo passato metà della serata al telefono a commentare il disastro che ho provocato con Marcus, subito dopo che Savannah ha riattaccato.

Savannah, invece, sta ancora cercando di digerire il fatto che il mio annuncio su Facebook sia stato un errore... anche se non posso spiegarle *perché* stavo cercando il profilo di Marcus, senza tradire la mia vita segreta come Jessica Jupiter e i miei piani per mettere insieme lei e Marcus.

«Mi spiace, Tracy.» Lancio un'occhiata alle mie spalle.

«È okay.» Tracy guarda l'orologio. «È solo che Jeff dovrà aspettare.»

«Avete appuntamento al deposito delle bici?»

Savannah si gira come un segugio che ha fiutato un coniglio. «Avete in programma un po' di sbaciucchiamenti di prima mattina?»

Tracy le dà un'occhiataccia. «A dire il vero dobbiamo far pratica nei palleggi.»

Savannah sospira. «Nient'altro?»

«Allora, Gem» dice Tracy cambiando discorso e riportando velocemente i riflettori su di me «chiederai a Marcus di uscire?»

Traditrice! Sa benissimo che uscire con Marcus non mi interessa.

La fulmino con il mio raggio della morte invisibile, mentre Savannah si gira e mi afferra per un braccio.

«Vuoi che te lo ammorbidisca un po'?» si offre. «Posso parlargli bene di te... Dirgli quanto sei simpatica. E intelligente. E che saresti una ragazza fantastica per lui.»

Alzo le mani. «Basta! *Non sono interessata a Marcus*! Insomma, come ve lo devo dire?» sbotto.

«Ma scusa, allora perché l'hai cercato su Facebook?»

«Era per un progetto.» Provo la scusa che ho

architettato con Tracy ieri sera. «Sto raccogliendo le date di compleanno della nostra classe. Ho pensato che sarebbe forte se pubblicassimo la lista di tutti sulla webzine.»

«Ah.» Savannah sembra delusa, ma la cosa non dura a lungo. «Comunque sareste una coppia stupenda» ricomincia, dipingendo nella sua mente scenari fantasiosi. «E se ancora non ti ha chiesto di uscire, posso insegnarti un fantastiliardo di modi per far sì che lo faccia.»

«Davvero, Savannah, no grazie.»

«Ma *perché*?» Mi guarda con occhi imploranti. «Marcus è così gentile e premuroso! Non una testa bacata come Ryan o Josh. Quando mette da parte la timidezza, è spiritoso e divertente. Dovresti proprio uscire con lui.»

Sono sorpresa di sentire Savannah snocciolare tutte le qualità di Marcus. In me si accende un barlume di speranza. Si rende conto di quanto è carino! A questo punto basta convincerla che sarebbe *molto* meglio uscire con lui che con LJ.

Un gruppo di ragazzi di Terza ci supera spintonandoci senza troppi riguardi.

Siamo vicini all'ingresso della scuola e gli studenti si accalcano attorno ai cancelli. Scorgo Jeff che sbircia dalla ringhiera. Mi ricorda uno scimpanzé che aspetta l'uomo delle banane. E quando vede Tracy, i suoi occhi si illuminano... Allo zoo è arrivata l'ora della pappa!

Tracy mi prende a braccetto. «Sei sicura di stare bene?» Che tradotto vuol dire: "Sei sicura di stare bene, se adesso ti lascio e vado da Jeff?"

Ho un tuffo al cuore rendendomi conto che dovrò affrontare senza il suo sostegno le prese in giro di tutti i miei amici di Facebook. Mi mordo il labbro. I suoi occhi brillano di speranza. Sta urlando in silenzio la paura inespressa del novantanove per cento delle ragazze che hanno una storia: le amiche aspetteranno... un ragazzo potrebbe non farlo.

«Sì, certo.» Le rivolgo un sorriso rassicurante. Sono con Savannah, e la sua aura di sicurezza ci circonderà come un campo di forza ad alto voltaggio. Ogni commento che abbia a che fare con Facebook verrà bruciato all'istante.

Tracy mi stringe in un frettoloso abbraccio.

«Sei una vera amica, Gem.» Si infila tra la folla e tre secondi dopo è già avvinghiata a Jeff. Lui le passa il pallone che ha in mano e insieme si dirigono al campo da gioco.

Mentre attraverso i cancelli sento lo stomaco in subbuglio. Chelsea Leeson ci ha viste. Viene come un treno verso di me. Ryan Edwards e Josh Carter la seguono a ruota. Sfoggiando un sorriso forzato tipo cadavere, punto gli occhi verso l'ingresso della scuola.

«Marcus è là, Gem!» Chelsea indica il deposito delle biciclette, dove Marcus è con Chris: deve essere nervoso, perché continua a spostare il peso da un piede all'altro, lo sguardo fisso sulle punte delle scarpe.

«Grazie, Chelsea» risponde Savannah per me, con tono disinvolto. «Ma, *al contrario di te,* Gemma non ha bisogno di dare la caccia ai ragazzi. Sono *loro* che vengono da lei.»

Chelsea arrossisce e si allontana, seguita dagli altri.

«Grazie, Sav.» Le strizzo il braccio.

«Nessun problema.» Mi scocca un sorriso. «Tu continua a sorr...»

Si interrompe di colpo con un gridolino, nel preciso istante in cui il suo sguardo incrocia quello di qualcuno che si trova al centro del cortile.

LJ.

Il sole di primavera si riflette sui suoi capelli pettinati con il gel. È circondato da una corte di ragazze di Seconda, neanche fosse Enrico VIII. Deve aver capito che lo guardiamo, infatti si sbottona la camicia e inizia a mostrare gli addominali ben definiti. Mi aspetto che da un momento all'altro una delle ragazze intorno a lui svenga. E invece rimangono tutte in piedi, con gli occhi fuori dalle orbite come pallini di paintball.

«Chissà se si ricorda il mio nome?» Prima che me ne accorga, Savannah prova a trascinarmi fin là.

La strattono via.

«Che cosa c'è?» Mi guarda dritto negli occhi.

«Ho letto un articolo...» mento in fretta.

Devo escogitare qualcosa prima che faccia la figura della completa idiota gettandosi su LJ davanti a dei testimoni.

«Dice che i ragazzi si innamorano più facilmente delle ragazze che costituiscono una sfida.»

«Stai insinuando che sono facile?» Savannah si appoggia le mani sui fianchi.

«No!» faccio marcia indietro. «Ti sto solo suggerendo di fare la distaccata.»

«Da quando in qua dai consigli sentimentali?»

«Come ti ho detto, l'ho letto su una rivista.» Mi invento una statistica: «L'ottantaquattro per cento delle relazioni inizia con un insulto».

Savannah strizza gli occhi. «*Davvero?*»

Ci è cascata. «Sì. Sii semplicemente sgarbata. Tieni le distanze come se fosse l'ultimo ragazzo al mondo con cui vorresti perdere il tuo tempo.»

«E questo dovrebbe spingerlo a interessarsi a me?» Non sembra convinta.

«Sarà così pazzo di te che dovrai mettergli la camicia di forza.» Le sorrido in modo, spero, persuasivo.

Intanto che Savannah ci pensa su, suona la prima campanella.

LJ si richiude la camicia e con il suo fan club inizia a trasferirsi dentro la scuola.

Savannah si mette la borsa su una spalla e, dirigendosi verso l'ingresso principale, passa accanto a LJ ostentando un'indifferenza impressionante.

«Ehi!» grida lui quando la borsa lo sfiora al passaggio.

Lei si gira, aggrottando la fronte. «Parli con me?» Non sapevo che Savannah fosse capace di mostrarsi *così* fredda. È la versione femminile di Mr Freeze, il nemico di Batman.

LJ sembra confuso, come un cane che si aspettasse un biscottino e a cui invece hanno dato una pillola contro i vermi. «Tu sei la ragazza col nome della zona climatica, vero?»

Savannah piega la testa di lato, senza perdere un colpo. «Per quanto ti riguarda, io sono l'Artico.»

Wow.

La guardo allontanarsi, raggiante d'orgoglio. Negli occhi di LJ intravedo una scintilla di vita.

No! Per la prima volta, quelle pozze castano scuro hanno messo a fuoco qualcosa che è riuscito a risvegliare la sua attenzione! Mentre osserva Savannah salire i gradini della scuola, un lieve sorriso gli increspa le labbra.

Che cosa ho fatto?

Rincorro Savannah raggiungendola in cima alle scale. Cerco di bloccarle la vista, ma è troppo tardi. Sta scrutando in direzione del cortile, finché lo sguardo si fissa per un attimo in quello di LJ.

È lei a distogliere gli occhi per prima. «Oh, Gem! Sei un genio! Hai visto come mi guardava? Ho suscitato il suo interesse!» È al settimo cielo.

Io invece sono disperata.

Un altro piano fallito. Sono *l'opposto* di un genio.

Subito dopo vedo Jeff e Tracy passeggiare abbracciati per il campo da gioco che si sta svuotando. Vagano senza meta sull'erba sintetica come ubriachi, guardandosi negli occhi, innamorati.

C'è speranza. Dopotutto, con Jeff e Tracy ci sono riuscita. Forse, alla fine, riuscirò a fare lo stesso per Savannah e Marcus.

«Abbassa un po'!» grido, cercando di superare il frastuono della Xbox di Ben.

Ben mi lancia un'occhiata omicida, ma abbassa il volume.

Quando Sonic the Hedgehog la smette di far vibrare i soprammobili, ci riprovo.

«Will mi renderà le cose più difficili che potrà, lo so.»

«Non permettergli di fare il prepotente con te.» Tracy è sdraiata sulla poltrona di fronte alla mia e stacca un pezzo del muffin che stiamo mangiando come dessert dopo la pizza. È venuta ad aiutarmi a fare da baby-sitter a Ben mentre mamma e papà cenano al pub.

Non che abbia bisogno di aiuto. Sono un'esperta mondiale per quanto riguarda Ben. So che, in cambio di quaranta minuti ininterrotti di Xbox, accetterà di buon grado di fare la fisioterapia, di prendere le medicine e di andare a letto all'ora stabilita. Specialmente se gli farò fare l'aeroplano dalla console al lettino per la fisioterapia e poi fino al letto, mentre lui mitraglia alieni invisibili. Controllo l'orologio. Ancora trenta minuti di Xbox.

«Non mi preoccupa il fatto che possa darmi degli ordini» confesso. «Mi preoccupa che non mi lasci lavorare all'articolo. Quando il professor Harris gli ha detto che avrebbe dovuto lasciare che lo aiutassi, pensavo che avrebbe strangolato Cindy e poi picchiato me con il suo cadavere.»

Tracy ride, sputacchiando le briciole del muffin che aveva in bocca.

«Ora capisco perché vuoi fare la giornalista. Hai la tendenza a nutrirti di melodramma.»

Ignoro la calunnia e replico: «Ma tu non l'hai visto, era *davvero* arrabbiato».

Tracy si mette seduta. «Non dipingiamolo subito come un killer psicopatico» dice, facendo prevalere il buon senso.

«Va bene. Facciamo finta che sia un ragazzo dolce, disponibile, generoso e che desideri *veramente* che io lo aiuti.» Mi mordicchio l'unghia del pollice. «Ma se faccio un pasticcio? Questa è la mia *grande* opportunità di dimostrare che ho la stoffa della vera giornalista... E se invece non fosse così? E se finissi per seguirlo e basta, dicendo cose stupide, tanto da confermargli che ha ragione?»

Tracy ingoia l'ultimo pezzetto del muffin. «Gemma, il tuo modo di scrivere spacca! Cindy ti ha affidato l'oroscopo e ora tutta la scuola ne parla. Farai lo stesso con questo articolo.»

Le sono grata, ma non sono convinta. «Mi sento un'idiota quando Will è nei paraggi... È come se in sua presenza mi trasformassi in una larva. Non sarò *mai* in grado di ragionare seriamente finché mi parla in quel modo e sottolinea ogni mio più piccolo errore.»

«Okay.» Tracy spinge le briciole dal maglione nel palmo della mano e le butta nel cestino accanto alla poltrona. «Allora, facciamo un po' di pratica.»

Aggrotto la fronte. «Eh?»

«Sì, mi hai fatto fare il gioco dei ruoli per prepararmi all'incontro con i genitori di Jeff...» Si alza in piedi. «Ora facciamo lo stesso immaginando che tu stia lavorando con Will Bold.»

«Il gioco dei ruoli con la mamma di Jeff non è andato molto bene» le ricordo.

«È vero, ma una volta che mi hai dimostrato quanto poteva essere orribile, mi sono sentita pronta a tutto. Perfino per venerdì sera.» Si sistema. «Non c'è alcuna possibilità che la madre di Jeff sia spaventosa quanto te.»

«Ehi!» mi lamento.

Mi sorride e mi tira su in piedi. «Cominciamo. Io sarò Will.» Piega in avanti le spalle e lascia cadere il mento. «Bene, Gemma» borbotta abbassando il tono di voce «immagino di dovermi rassegnare ad averti alle costole. Sarà meglio che iniziamo a lavorare sul serio.»

«Che cosa vuoi che faccia, Will?» chiedo impaziente.

Tracy esce dal personaggio: «No! No! Devi fare la distaccata. Non sei un cucciolo desideroso di compiacerlo. Sei una giornalista in cerca di una storia».

Annuisco e scrollo le braccia tentando di rilassarmi. Mi ricordo il consiglio che ho dato a Savannah. *Tieni le distanze, come se fosse l'ultimo ragazzo al mondo con cui vorresti perdere il tuo tempo.*

«Riproviamo» dice Tracy strappandomi ai miei pensieri.

«Ok, sono pronta.»

«Hai portato il taccuino per gli appunti?»

Faccio una smorfia, mostrando un'aria di superiorità. «Sì.»

«Biro?»

«Questa va bene?» Prendo la matita che avevo infilato tra i capelli poco prima, mentre facevo i compiti.

«Bel trucchetto.» Tracy si sfrega il naso. «Okay, inizia a prendere appunti.»

Mi metto in posizione con il finto taccuino e la matita vera e aspetto che inizi a dettare.

Tracy comincia. «Quindi lo Svelto conduce il gioco, vende cento, duecento cappellini al giorno e si intasca una fetta delle vendite; il Bistecca lo scopre, se la prende e decide di fare lui stesso il colpo...» È ovvio che Tracy ha ripreso a guardare le serie poliziesche in TV.

Mi gratto un orecchio con la matita. «Quindi pediniamo il Bistecca?»

Tracy mi scruta, riuscendo a sfoderare un perfetto ghigno alla Will Bold. «Il Bistecca? Perché mai dovremmo pedinare il Bistecca? È lo Svelto quello col cervello.»

«Quindi stiamo addosso allo Svelto?» chiedo, cercando di capire la logica di quanto dice.

«Stare addosso allo Svelto? Ma se ha appena

subito un colpo. Insomma, hai ascoltato una sola parola di quello che ho detto?»

Inizio ad agitarmi. La sua interpretazione di Will è troppo buona. Mi sento un'idiota.

«Quindi *chi* pediniamo?»

«Ma chi ha parlato di pedinamenti?»

L'Xbox smette di fare rumore. Ben ci osserva da sopra lo schienale del divano. «State giocando a ladri e poliziotti? Posso giocare anch'io?»

Tracy gli lancia un'occhiata. «Certo, Tappo. Ma noi siamo giornalisti, non poliziotti, e stiamo per far esplodere un caso enorme. La notizia arriverà fino alla luna.» Il suo sguardo torna a concentrarsi su di me. «Se solo quell'idiota della mia assistente riuscisse a stare al passo.»

Ben scavalca il divano, affiancandosi a Tracy. «Sì, Gem, cerca di stare al passo.»

Le mie pulsazioni stanno aumentando. «Ci sto provando.»

«Allora rileggi» ordina Tracy.

«Rileggo *che cosa*?»

«Stavi prendendo appunti, no?» mi ricorda Tracy sbuffando sprezzante in stile Will.

«Ah, sì.» Ricordo il taccuino immaginario. «Lo Svelto produceva cappelli e la bistecca incassava i colpi...»

«Ehi, Tappo!» Tracy fa un cenno a Ben. «Prendili *tu*, gli appunti. Il lapis della signorina Tuttofare sembra aver perso la mina.»

«Sissignore!» Ben mi strappa la matita di mano e finge di scrivere.

«Ehi! Questo è il *mio* lavoro!» Me la riprendo.

«Tracy vuole che sia *io* a farlo!» Ben cerca di afferrare la matita. Io la tengo stretta e ci azzuffiamo. Finiamo a terra con urla e strepiti. Quando alla fine riesco a bloccare Ben e a togliergli le dita dalla preziosa matita, noto accanto a noi il piede di Tracy che picchietta sul pavimento.

«Hai finito, Stone?» Mi lancia uno sguardo di disapprovazione dall'alto.

Balzo in piedi. «Mi dispiace per l'accaduto. Mi stavo solo riprendendo la matita.» Mi posiziono ancora una volta con il taccuino immaginario. «Pronta.»

Tracy rotea gli occhi. «Con gli appunti abbiamo finito, Stone, c'è del lavoro *vero* da fare, ora.»

«Che cosa?»

«Devo pensare a tutto io?» mi riprende Will-Tracy.

Ben è di nuovo in piedi. «Io lo so! Troviamo delle prove.»

Will-Tracy gli dà un affettuoso buffetto sulla testa. «Bella pensata, piccoletto.»

Il sangue mi ribolle per la frustrazione. «Non è giusto. Questo è il *mio* gioco dei ruoli!»

Tracy si rimbocca le maniche. «Non c'è tempo per giocare, Stone. Abbiamo del lavoro da fare.»

Faccio per obiettare «Ma hai detto...»

«Se dicessi "salta da un ponte" lo faresti?»

«Io no!» grida Ben.

«Neanch'io!» intervengo.

Tracy inclina la testa di lato. «E se fossimo sotto copertura, ci avessero appena scoperti e quella fosse l'unica via d'uscita?»

«Oh! Non lo so, io...» La testa mi gira. Troppe cose, troppo in fretta. «Non lo so!» Mi lascio cadere di peso sul divano, a braccia conserte.

Tracy abbandona la recita e crolla sul pavimento. Seduta ai miei piedi, mi guarda seria da sotto in su. «Credo che dovremmo lasciar perdere il gioco dei ruoli» suggerisce. «È chiaro che l'improvvisazione non fa per noi.»

Ben sembra dispiaciuto. «Oh, io però mi stavo divertendo!»

Allungo una mano e gli arruffo i capelli. «Vai a giocare con l'Xbox» gli dico. «Fra venti minuti iniziamo la fisioterapia.»

«Okay.» Ben si riarrampica sullo schienale del divano e si lascia cadere davanti al televisore.

Sconfitta, afferro un cuscino e lo abbraccio. «Mi farà morire.»

«Chi? Ben?» Tracy ammicca.

«No, Will.» Sospiro. «Perché diavolo ho chiesto di lavorare con lui?»

Una nuvola di disperazione fluttua per la stanza e si ferma sopra la mia testa. «Mi annienterà senza pensarci due volte e userà il mio sangue come inchiostro per la stampante.»

Capitolo 7

La mattina dopo il grosso nuvolone di disperazione non si è ancora dileguato del tutto, ma sono almeno riuscita a ridurlo a un mini-nuvola.

È mercoledì: il giorno dell'uscita della webzine, che sarà nella posta elettronica di tutti gli studenti della scuola attorno all'una. La mattinata si trascina e, quando arriva finalmente l'ora di pranzo, sono affamata. Purtroppo, sono una di quelle a cui la preoccupazione fa venire fame.

In mensa mi siedo con Tracy, Savannah e Sally Moore, felice di confondermi nella baraonda della grande sala.

«Avete già controllato le vostre stelle?»

Savannah ha un nuovo smartphone sul quale

sta consultando le sue mail. Sally si avvicina e dà una sbirciata al display. «Che cosa dice Jessica, oggi?» chiede a Sav.

Masticando uno sfilatino al tonno, osservo il volto di Savannah che scorre velocemente il suo oroscopo. Coglierà il messaggio anti-LJ?

Inizia a leggere ad alta voce: «*Forse, mia cara Sirenetta, pensi di aver trovato la persona che cercavi, ma il tuo affascinante principe potrebbe rivelarsi tutto fascino e per niente principe*».

Savannah sbuffa. «Wow, Jessica è rimasta un po' indietro» dice canzonatoria. «Che parli ancora di Josh?»

No che non parla di Josh!, urlo tra me e me.

«Be', aveva ragione su di lui e ce l'ha ancora.» Sally fissa con insistenza il punto dalla parte opposta della mensa dove Chelsea e Josh stanno seduti a un tavolo vicini vicini, dividendo un piatto di patatine.

«Lo so, ma mi aspettavo che si fosse resa conto che sono passata oltre» replica Savannah. «Forse è malata o qualcosa del genere.» Guarda me. «È malata?»

«E io come faccio a saperlo?» dico, un po' troppo sulla difensiva. Sotto il tavolo, Tracy mi dà un calcio.

«Ehm... cioè, non viene mai qui a scuola... È un'amica del padre di Cindy... Scriveva gli oroscopi per il giornale di cui lui era direttore. Ogni settimana ci spedisce il materiale per mail. Non ho idea di dove viva. O di chi sia» farfuglio, con il cuore che mi batte a mille.

Tracy mi dà un altro calcio. Più forte. Io mi aggrappo al mio sfilatino al tonno come se fosse una zattera di salvataggio.

«Okay, tranquilla» dice Savannah. «Sono sicura che prima o poi si aggiornerà sul nuovo uomo della mia vita.» Il suo sguardo guizza verso la porta dove, *lupus in fabula,* LJ appare come il genio della lampada.

Tracy abbassa lo sguardo. «Salvata dall'"affascinante principe"» mormora.

Le mie pulsazioni rallentano e tornano normali: anche se penso che LJ sia uno sfigato totale, almeno il suo arrivo sembra aver distratto Savannah dal farmi altre domande su Jessica.

«Come fa a non capire che in lui non c'è *neanche un briciolo* di fascino?» sussurro a Tracy.

«Non vuole capirlo» mormora lei per tutta risposta.

«Oh. Mio. Dio!» balbetta Sally. «Sta venendo verso di noi.»

Savannah passa all'istante in modalità distaccata, tenendo lo sguardo fisso davanti a sé e fingendo di non accorgersi del dio che sta scendendo dall'alto dei cieli.

Gruppi di studenti si scostano per lasciarlo passare. Una piccola schiera di angeliche presenze del Secondo Anno gli svolazza attorno.

Aggancio istantaneamente il piede alla sedia vuota a capotavola, ma LJ la libera con uno strattone e si siede. «Ciao.» Il suo sorriso di denti perfetti e ultrabianchi è indirizzato a Savannah.

Bethany Richards – l'unica studentessa del Secondo Anno a poter competere con Cindy in fatto di bellezza – afferra la sedia vuota accanto a LJ e si siede pure lei.

Il resto della schiera angelica si sistema attorno a noi, appollaiandosi sui bordi del tavolo e sugli schienali delle sedie. Ricordano i piccioni in piazza San Marco a Venezia.

Savannah dà un'occhiata a LJ, ma non dice niente.

«Ciao, LJ» dice Sally. Sembra così grata della sua presenza che mi viene da vomitare. Per non farlo, do un morso al mio panino.

Tracy, strizzando gli occhi minacciosa, osserva il nuovo arrivato che toglie il coperchio alla sua porzione di sushi, tira fuori un paio di bacchette e le batte sul tavolo prima di afferrare un pezzetto di pesce. «È un panino al pollo, quello?» chiede a Savannah, prima di ficcarsi in bocca la polpa di mare cruda.

«Sì.» Savannah dà un morso.

«Da noi, nessuno mescola più le proteine con i carboidrati.» Manda giù. «È il modo più veloce per mettere su peso e distruggere lo strato epidermico.»

Tracy mi guarda. «Con *strato epidermico* intende la *pelle*, giusto?»

Scrollo le spalle. Ci servirebbe Cindy per tradurre. Adorerebbe questa conversazione. Mi chiedo se non sia stato LJ a ispirare il suo articolo sulle diete che fanno diventare belle o brutte.

Bethany si sporge sopra il tavolo e dà un buffetto a Tracy sul braccio. «Le tipe sportive come te non devono preoccuparsi di questo, eh?»

Tracy si fa quasi andare di traverso il boccone. «Cosa vorresti dire?»

Bethany le sorride con un'espressione dolce. «Tu sei più una da tono muscolare che da bell'aspetto... quindi puoi mangiare quello che vuoi.»

Tracy mi ringhia nell'orecchio: «Tra un istante glielo faccio vedere io il tono muscolare».

Il fatto che Tracy possa piegare Bethany come un origami mi preoccupa meno della reazione di Savannah al commento di LJ. Ha subito messo giù il panino... e si è messa a sgranocchiare una mela.

Do un morso di sfida al mio sfilatino al tonno. Nessuno stupido ragazzo mi distoglierà dal mio pranzo!

LJ si sente a suo agio, ora: con un piede sulla sedia di Bethany, chiacchiera e ride con la sua corte di ammiratrici.

Savannah fissa il tavolo, succhiando la sua mela

come una principessa hollywoodiana con un disturbo alimentare.

«Venite?» Ripongo il vassoio. «Tracy? Sav?»

Savannah scuote la testa.

«Ma non abbiamo ancora finito!» Sal mi sventola davanti un pacchetto di palline di riso soffiato alla paprika.

Tracy infila gli avanzi del panino nello zaino e mi segue.

Mentre raggiungiamo la porta, la schiera angelica arruffa le penne, combattendo per le nostre due sedie vuote. Mi giro a guardarle, allibita. «Non posso credere che Sav abbia rinunciato al suo panino solo perché LJ...» *Slam*! Sono finita contro qualcuno.

«Attenta!» È Marcus e mi spinge via.

«S-scusa!» Mi mancava solo questa. Ero riuscita a far passare l'intera giornata di ieri e la mattinata di oggi senza guardarlo: anche se frequentiamo le stesse lezioni, eravamo riusciti a evitare di incrociare i nostri occhi.

Non so che cosa pensi della mia gaffe su Facebook e *non voglio* saperlo.

Ma mentre lo guardo, rosso in volto, mi rendo conto che sto per scoprirlo.

Mi osserva confuso, infatti, con un'espressione pietrificata, come se si fosse appena ritrovato nel bel mezzo di una strada trafficata. «Ehm... ciao» dice imbarazzato.

Inghiottimi, Terra. Apriti e fammi sparire. Adesso.

La Terra mi ignora.

«Gemma...» comincia.

«È tutto a posto» dico, anche se non è vero che è tutto a posto. Voglio solo che la smetta. Anche se niente di quello che potrebbe dire riuscirebbe a farmi stare meglio.

«Senti...» insiste Marcus. «Non è che tu non mi piaccia, o che ci sia un qualche motivo per cui tu non debba piacermi, è solo che...» Sta diventando paonazzo.

Mi dispiace quasi per lui. «Tutta la storia di Facebook è stata uno stupido incidente!» sbotto.

«Bene... cioè, non "bene", solo che sono felice, perché credo che mi piaccia un'altra.»

«Lo immaginavo.» Oddio, non voglio sembrare risentita. «È naturale... ti ho inserito nella casella di stato per sbaglio. Stavo facendo una ricerca... sui compleanni. Perché io... ehm...» sto per rifilargli la stessa bugia che ho raccontato a Savannah, ma mi blocco. È così assurda, che si accorgerà che sto mentendo. «C'era una buona ragione per cercare il tuo profilo, credimi.» Parlo a raffica. «Di solito non cerco i profili dei ragazzi a casaccio. E non ho cercato il tuo con uno scopo preciso. Cioè...»

Tracy mi prende per un braccio. «Andiamo, Gem. O faremo tardi al nostro appuntamento... ti ricordi?»

«Sì.» Mentre mi trascina via da Marcus, sento un'ondata di sollievo. Poi, per qualche ragione che solo una persona davvero stupida potrebbe capire, mi giro di nuovo verso di lui. «Ciao, Marcus.»

«*Vuoi stare zitta?*» Tracy mi prende la mano impegnata in un goffo saluto.

Quando raggiungiamo il porto sicuro del corridoio, sono demoralizzata. «Adesso penserà sul serio che mi piaccia, vero?»

«Non eri proprio... *disinvolta*» ammette. «Un po' come quando non la smettevi di parlare di Jessica Jupiter!»

«Sotterrami» la supplico.

«Più tardi» promette guardando l'orologio. «Ora ho un appuntamento al campo con Jeff. Mi accompagni?»

Scuoto la testa. «Andrò a lavorare un po' alla webzine.» Nascondermi nel magazzino mi sembra un'idea migliore che starmene in un qualunque altro posto in pubblico, in questo momento.

Tracy ha l'aria preoccupata. «Sei sicura? A Jeff non dispiacerebbe se venissi anche tu.»

Non sono in vena di fare conversazione con nessuno, quindi le dico, con un sorriso forzato: «Grazie, ma voglio vedere se Jessica ha ricevuto qualche mail dai suoi fan».

Tracy scrolla le spalle. «Okay.» All'improvviso mi abbraccia. «Non preoccuparti per Marcus. Scommetto che è lusingato... è solo che gli piace ancora Sav.»

«Quanto vorrei che lei fosse cotta di lui, invece che di LJ.»

«Vai e inizia a lavorare sul suo oroscopo della prossima settimana» mi incoraggia Tracy. «E stavolta non essere così delicata!»

«Lo inciderò con un martello pneumatico» le prometto, incamminandomi verso le scale.

Nell'avvicinarmi al quartier generale della webzine sento la chitarra di Sam. È proprio bravo. È chiaro che deve essersi esercitato parecchio.

«Bel pezzo» mi complimento, entrando e appoggiando la borsa.

Alza lo sguardo. «Grazie.»

Alle mie spalle una tastiera ticchetta sotto dita incalzanti. Solo una persona scrive con tanta foga.

«Ciao, Will» saluto girandomi. A testa bassa, sta battendo parole a una velocità di cento all'ora.

Non risponde neanche. Fantastico. Lavoreremo proprio bene insieme!

«È così da almeno un quarto d'ora» mi spiega Sam.

«Non ha bisogno di mangiare?» mi chiedo.

«Evidentemente no.» Sam appoggia la chitarra al muro dietro di sé. «Senti, sei impegnata venerdì sera?»

Non sono mai impegnata, il venerdì sera, ma rispondo: «Non ho ancora fatto programmi».

Tira fuori qualcosa dalla tasca posteriore. «Ho un biglietto in più» dice, rigirando una strisciolina di carta azzurra fra le dita. «Per il nostro concerto al Sounds.»

«Pensavo che fosse tutto esaurito.» È da lunedì che Savannah cerca di mettere le mani su quei biglietti, ma sembra che tutta la scuola ne abbia già fatto incetta.

«A me ne regalano sempre.» Fissa il biglietto pensieroso, e io mi chiedo se voglia davvero offrirlo a me.

«Se preferisci darlo a qualcun altro...» inizio a dire.

«No.» Me lo mette fra le mani. «Mi hai sentito parlare tanto di questo concerto che ho pensato che meritassi l'occasione di venire ad ascoltarci.» Mi getta una mezza occhiata, poi si siede e riprende la chitarra.

«Grazie, Sam.» Sono lusingata. Pensavo che avrebbe tenuto i biglietti per i suoi amici del Secondo Anno. Ma probabilmente li hanno già. «Non vedo l'ora di...»

«Gemma» ci interrompe Will.

Mi giro, sorpresa. «Sì?»

«Mi aiuti o no con questo articolo?» chiede.

Mi viene il sospetto che nella stanza ci sia una telecamera nascosta. Come mai, all'improvviso, l'idea che io lo aiuti sembra andargli a genio? Dev'essere una specie di esperimento per vedere cosa succede se strappi via il Mantello dell'Invisibilità a una del Primo Anno senza avvisarla.

«Allora?» ringhia. Con quello sguardo sinistro sembra Voldemort.

Il mio cervello si spegne. Eccetto che per l'enorme, stupida area che controlla la bocca. «Non vedo l'ora di lavorare con te. Sono molto felice che tu abbia accettato che io ti dia una mano. Prometto che farò del mio meglio. Voglio davvero...»

«Sì, ho capito.» Mi zittisce. «Vuoi sapere di che cosa tratta l'articolo?»

«L'articolo?» Mi sono trasformata in un pappagallo.

«Sì... sai...» Will scandisce le parole come se fossi straniera. «L'articolo... per... il... quale... lavoreremo.»

Alle mie spalle la sedia di Sam stride contro il

pavimento. Il rumore improvviso fa ripartire il mio cervello. «Sì!» dico. «L'articolo. Sì!»

Will guarda Sam alle mie spalle. «Però abbiamo bisogno di privacy.»

Sam gli risponde risentito: «Messaggio ricevuto», ed esce a grandi passi dalla stanza.

Will chiude la porta alle sue spalle.

«Sono molto felice che tu abbia accettato che io ti dia una mano» farfuglio di nuovo.

«L'hai già detto. Diamo per assodato che sei contenta e andiamo avanti.»

Va su e giù passandomi davanti più volte. Mi sento come stessi guardando una partita di tennis.

«Primo...» Si ferma. «Devi giurare di mantenere il segreto.»

«*Segreto?*» Ripenso al mio sogno a occhi aperti mentre lavavo i piatti, con il magazzino e il traffico di esseri umani. «È pericoloso?» Mi formicola la pelle dall'eccitazione.

«Potrebbe esserlo.» Will ricomincia a camminare. «Dovrai mantenere il sangue freddo.» Si ferma di nuovo e si avvicina a me. «Sei in grado di farlo, se necessario, vero?» Aggrotta la fronte.

«Sì, certo» garantisco, sperando che sia vero.

Non ho mai affrontato una situazione davvero pericolosa. E se perdessi il sangue freddo? E se finissi per ridurmi a una larva tremolante che non è nemmeno in grado di tenere dritta una torcia?

«Bene, allora.» Si risiede a un banco e allunga le gambe. «Muta?»

«No» confesso, vedendomi già a scandagliare il laghetto del parco. «Ne volevo una l'anno scorso, ma poi non siamo potuti andare in vacanza...»

Mi dà un'occhiata della serie "Svegliati, idiota!" «Non ti ho chiesto se *possiedi* una muta» replica secco «ma se riuscirai a essere "muta come un pesce" riguardo a quello che sto per dirti.»

Finalmente ci arrivo, e arrossisco. «Sì» mi affretto a dire. «Parola di scout.»

«Grandioso.» Will inizia a battere il piede. «Ho una scout come partner. Il Watergate deve essere iniziato così.»

«Come?»

«Watergate» ripete «ti dice niente? Il presidente Nixon... I nastri segreti...»

Sì, mi suona conosciuto...

«Come gli X-files?» chiedo.

«Senti» sospira «cercatelo su Google quando torni a casa. Adesso ho bisogno che mi ascolti. Lavoreremo su una storia che riguarda il Sounds.»

Lo guardo confusa.

«Il night club... ricordi?» Will allunga una mano e mi picchietta le nocche sulla testa. «Dove Occhidolci terrà il concerto venerdì sera.»

«Ah sì, certo.» Ora devo proprio concentrarmi. Mi sto comportando come una scema. Se non mi do una mossa, sarò *sempre* tre passi dietro di lui.

Will dà un'occhiata alla porta e abbassa la voce a un sussurro cospiratorio. «Si dice che il proprietario, Johnny Calvo, lo usi come copertura per affari sospetti. E noi scopriremo che cosa sta combinando.»

Capitolo 8

«Affari sospetti?» Sussulto come un cadavere che ha preso una scossa. «Come lo sai?» Questa potrebbe essere una storia *vera,* non un semplice inserto sulle tecniche per affrontare i compiti a casa o sul galateo in sala mensa.

Will si gratta il naso. «Ho una fonte» dice allusivo. «Lavorava al Sounds.»

«E non lavora più lì?» Il mio cervello funziona a pieno ritmo, ora.

«È stato licenziato.»

«Puoi fidarti di lui?» chiedo. «Potrebbe esserci della ruggine con la persona che lo ha licenziato.»

«È possibile» ammette Will. «È per questo che dobbiamo entrare lì dentro e trovare delle prove.»

Ha detto *dobbiamo!* «Prove di che cosa?»

«La mia fonte sostiene di aver sentito Calvo fare delle telefonate ad alcuni soci in affari piuttosto disonesti. Gente che è stata dentro.»

«In prigione?»

«No» ironizza Will sbuffando. «A Disney World.»

Il suo commento sarcastico mi rimbalza addosso. Sono troppo occupata a pensare. «È tutto quello che abbiamo? Un impiegato scontento che sostiene di aver sentito Calvo parlare al telefono con un ex detenuto?» Mi siedo al banco di fronte a quello a cui è seduto Will. «È sufficiente?»

«Ci sono state delle strane consegne fuori orario» continua Will. «È abbastanza per farmi prudere il naso. Il Sounds sta lanciando queste serate Under 18 alle quali partecipano tutti gli adolescenti della città. Se lì dentro accade qualcosa di losco, il pubblico deve esserne informato.»

«Quindi io cosa dovrei fare?» Afferro la mia borsa e tiro fuori un taccuino, pronta a prendere appunti.

«Questo venerdì sarai al Sounds» mi dice

Will. «Voglio che tu convinca Sam a portarti nel backstage.»

«Perché non lo convinci *tu*, Sam, a portarti nel backstage?»

«Non sono riuscito a trovare neanche un biglietto» dice Will senza mezzi termini. «E ora ecco trovato il modo per entrare.»

«E il modo sarei io.»

«Sì, il modo sei tu.» Adesso è lui il pappagallo.

La delusione mi chiude lo stomaco come una morsa. Ecco perché all'improvviso mi vuole sul pezzo! Perché Sam mi ha fatto avere un biglietto. Resisto all'impulso di dirgli che se lo faccia da solo, il lavoro sporco. Ma questa è la mia opportunità. Chissenefrega se Will mi sta usando come spia solo perché non ha altra scelta. Se riuscirò a scoprire qualcosa al concerto, sarà *costretto* a prendermi sul serio.

Will continua. «Convinci Sam a portarti nel backstage e datti un occhio in giro. Prendi nota di qualunque cosa dubbia ti salti all'occhio.»

«Ma scusa, perché Sam dovrebbe portarmi nel backstage?»

«Ti ha regalato il biglietto, no?»

«Solo perché ne aveva uno in più» obietto. «Non sono un'ospite d'onore o roba del genere.»

Will si alza in piedi. «Allora dallo a me e chiederò io a Sam di farmi vedere il backstage.»

Lo guardo sospettosa. Non mi lascerò portare via questa opportunità. «No, lo farò io.»

«Bene.» Will prende il suo zaino e tira fuori un pezzo di carta. «Voglio che provi a individuare l'ufficio di Calvo. Tieni le orecchie bene aperte. Se lo vedi, osservalo. E se qualcosa ti sembra fuori posto, prendi appunti.»

Mi chiedo come si aspetti che io capisca cosa è al suo posto e cosa no. L'unico backstage che abbia mai visto in vita mia è stata una sala parrocchiale quando avevo otto anni e facevo la Fata Numero Tre nella compagnia di balletto della signorina Duvall.

Dovrò fidarmi del mio istinto, e spero che a Sam non dispiaccia avere una ficcanaso di Prima che lo segue. Capirà quando uscirà l'articolo. Se mai uscirà. Per ora sono solo illazioni.

Will scribacchia qualcosa sul pezzo di carta e poi

me lo allunga. «Questo è il mio numero. Mandami il tuo per sms e se hai bisogno chiamami.»

Dalla porta arriva un sonoro colpo di tosse. Ci giriamo entrambi e vediamo Sam in piedi sulla soglia. «Ho dimenticato il plettro» borbotta, andando dritto al banco.

Io guardo il numero di telefono, con le mani che mi tremano.

Alle mie spalle la porta si chiude con un tonfo. Sam se n'è andato e Will lo segue a ruota. Non riesco a stare ferma, sono troppo eccitata. Trasformerò un pettegolezzo in una vera storia di cronaca. Se esistono le prove che il Sounds sia una copertura per qualche attività criminale, le troverò.

Mi siedo a un banco e accendo il computer. Immagino la mia firma accanto a quella di Will: *Esclusiva di Will Bold e Gemma Stone.*

Potrebbe essere la notizia che lancerà la mia carriera. Il primo passo verso un premio mondiale e un consenso internazionale.

Nella mia testa, la folla mi acclama mentre alzo il trofeo. "Grazie! Grazie!" Un capannello di donne e bambini singhiozza in prima fila. La mia denuncia li ha salvati da una vita di schiavitù e sfruttamento. Sono grata di aver avuto l'opportunità di cambiare le loro vite.

«Gemma?»

Cado quasi dalla sedia quando Cindy entra nella stanza interrompendo i miei pensieri.

Il carré biondo le svolazza attorno al viso e sulle guance ha un rossore eccitato. «Era Will quello che ho visto uscire? Ti ha già messa al corrente?»

Annuisco in silenzio.

«Quindi sai dell'articolo?»

Annuisco di nuovo.

«E allora?» Si avvicina, gli occhi febbricitanti. «Di che si tratta?»

Mi sistemo sulla sedia. «È un segreto.»

«Oh, per favooore!» Aggrotta la fronte come se avessi appena sventato il suo piano malvagio per conquistare il mondo. Mi aspetto quasi che corra alla finestra a chiamare il suo esercito di Scimmie Alate. Prima vengo trafitta dallo sguardo di Voldemort e ora la Perfida Strega dell'Ovest mi fa il terzo grado. Tutto sommato, forse preferivo quando Will e Cindy si limitavano a ignorarmi.

Sbatte a terra la borsa. «A che pro ti ho messo sul pezzo, se non fai la spia?»

«Credevo che stessi cercando di infastidire Will» mormoro. «Non di spiarlo.»

«Infastidirlo era solo un extra.» Cindy inizia a frugare nella borsa e la fronte liscia come la seta le si riempie di rughette. Riconosco l'espressione: si sta concentrando. Immagino stia cercando dei campioni per la sua rubrica di bellezza. In silenzio prego: *Non appiopparli a me.*

Con gli oroscopi da scrivere *e* la storia di Will su cui lavorare, non c'è possibilità che io trovi anche il tempo di farle un resoconto sul maquillage di questa settimana.

Clicco su ARRESTA IL SISTEMA e afferro la borsa. «Devo andare» dico in fretta. «Ciao.»

«Ma...»

Non sento il resto. Sono già fuori.

«Non indovinerai mai!» Savannah mi blocca sulla porta della classe.

«No, probabilmente no.» Non ho tempo per gli indovinelli. La mia mente è in movimento.

Penso a un piano per il mio incarico sotto copertura di venerdì sera al Sounds.

Savannah mi ha preso a braccetto. I suoi occhi verdi brillano. «Gemma, ti prego, prova a indovinare.»

«LJ?»

«Sì, sì, sì!»

«Ti ha chiesto di uscire.» Dico la cosa più assurda che riesca a farmi venire in mente.

«Sì!» Savannah è in fibrillazione.

No! La mia delusione non viene registrata sulla scala degli umori di Savannah, che è troppo vicina all'estasi per notarla. «Mi ha chiesto di andare al concerto al Sounds venerdì sera!» Mi saltella attorno come Tigro in overdose di zuccheri.

E Marcus? Non lo degnerà di uno sguardo nemmeno se Jessica dovesse incorniciare il suo nome con stelline scintillanti.

Savannah mi sventola davanti agli occhi una familiare strisciolina di carta azzurra. «Avresti dovuto vedere la faccia di Bethany quando LJ mi ha dato il biglietto dicendo che ci saremmo visti al Sounds venerdì.»

La speranza brilla come un diamante nel pozzo nero della mia disperazione. «Quindi non è *esattamente* un appuntamento?»

Savannah sbatte le palpebre.

«È come se lo fosse.» Sventola di nuovo il biglietto. «Non l'ha mica dato a Bethany, no?»

«Magari lei, il suo, ce l'ha già» le faccio notare.

«Ma perché fai così?» Savannah smette di saltellare e mi guarda.

«Scusa.» Far stare male Savannah non è nei miei piani. Tiro fuori dalla tasca il biglietto che mi ha dato Sam e glielo mostro. «Vengo anch'io!» E le sorrido.

Mi afferra la mano. «Dove diavolo l'hai preso? Sono difficilissimi da trovare!»

«Sam» le dico.

Mi guarda come se avessi appena ammesso di essere Batman. «*Davvero*?» dice, usando la voce da sottintesi.

«È il suo concerto» le faccio notare. «Probabilmente gliene hanno dati tanti e deve darli via.»

Savannah solleva un sopracciglio. «Se lo dici tu,

Gem.» Si butta i capelli dietro la spalla. «Ma lo sai che cosa significa?»

«Che cosa?» Cerco di indovinare su quale fiore stia svolazzando in questo momento la mente di Savannah.

«Che possiamo prepararci insieme!» strilla.

Tracy compare in quel momento svoltando l'angolo, con i lucidi capelli neri mossi dal vento e le guance arrossate per il freddo del campo da calcio. «Prepararvi per cosa?»

Savannah mostra a Tracy i nostri biglietti. «Ci andiamo tutte e due, venerdì sera!»

Tracy si accascia contro la porta dell'aula. «Oh, come vorrei venire anch'io al concerto, invece che andare a conoscere i genitori di Jeff.»

Savannah ricomincia a saltellare. «Potresti comunque prepararti insieme noi!» esclama senza fiato. «Noi ti diamo sostegno morale... e tu aiuti Gemma a pettinarsi.» Dà un'occhiata alle mie ciocche in disordine. «Non credo di farcela da sola» conclude guardandomi con un sorrisetto malizioso.

Tracy mi abbraccia protettiva. «I capelli di Gem

sono splendidi» protesta. «Solo a volte sembrano arruffati da una brezza leggera.»

Savannah inclina la testa. Più che arruffati dalla brezza, direi sopravvissuti a un uragano!»

«Ehi!» La colpisco con la borsa e lei scappa in classe, urlando.

«Aiuto!»

La inseguo, ignorando la sue suppliche di avere pietà, fino a che non si rannicchia dietro un banco.

Marcus sta sfogliando un fumetto in fondo all'aula con i piedi su una sedia. «Hai bisogno di aiuto?»

Savannah alza lo sguardo speranzosa: «Sì!»

Marcus le strizza l'occhiolino e dice: «Parlavo con Gemma, non con te». Sembra rilassato. Come se avesse cancellato il momento da telenovela che abbiamo passato all'ora di pranzo.

Savannah lo guarda inebetita, mentre io scoppio in una risata sollevata e le risparmio la vita.

Ci calmiamo e andiamo a sederci al nostro banco, che è accanto al termosifone. Tracy ci si butta letteralmente sopra, respirando il calore che sale dal metallo.

Savannah stende le lunghe gambe. «Venerdì sarà fantastico.»

Tracy la guarda dubbiosa. «Per voi, forse.»

Mi mordo il labbro. Mi assale un dubbio. E se LJ ignorasse Savannah e lei ne uscisse devastata? O, peggio, se lui si facesse avanti? E se io fallissi e non trovassi nulla da riferire a Will? Non mi prenderebbe mai sul serio e rimarrei relegata a scrivere oroscopi per il resto della mia vita. Inizio a mangiucchiarmi l'unghia del pollice, preoccupata.

Venerdì sera potrebbe succedere di tutto...

Capitolo 9

«Ma scusa, come facciamo a renderla *inguardabile?* È impossibile!» Tracy è seduta sul mio letto e sta analizzando il mio brillante piano che prevede di mandare all'aria le possibilità di Savannah con LJ.

È venerdì sera. Guardo l'orologio: abbiamo ancora un'ora prima di uscire, ma Savannah è in ritardo di quindici minuti. Se non arriva in fretta, non faremo in tempo a trasformarla da Bella in Bestia.

«Savannah è troppo carina» mi fa notare Tracy. «Sarebbe fantastica persino con addosso *questo*!» Abbassa lo sguardo sul cardigan color cammello e la semplice gonnellina a scacchi turchesi che ha preso in prestito da sua madre. I genitori di Jeff penseranno che il figlio esca con una bibliotecaria.

Sbircio fuori dalla finestra. La strada è vuota. «Guarda te... siamo riuscite a farti diventare uguale a Ugly Betty!» le dico. «Ce la possiamo fare anche con Sav.»

La mia stanza è inondata di vestiti scartati. Tracy ha provato ogni singolo indumento che possiedo, e alla fine ha deciso che cammello e turchese fosse l'unica strada percorribile.

Il mio look, invece, non ha creato alcun problema. Io non devo far colpo su nessuno. Sto solo inseguendo una buona storia, quindi tutto ciò di cui ho bisogno sono delle scarpe da ginnastica per aggirarmi nel backstage, una tasca per il telefono e dei jeans per poter scavalcare una finestra in caso di emergenza.

Controllo di nuovo l'ora. Adesso è in ritardo di sedici minuti. «Sbrigati, Sav!»

«Sarà giusto quello che facciamo?» mi chiede Tracy con un'espressione preoccupata.

«È il solo modo che mi è venuto in mente per salvarla da LJ.»

«Ma avrà davvero bisogno di essere salvata?» All'improvviso Tracy sembra nutrire qualche dubbio. «A lei LJ piace veramente.»

«Lo so» ammetto. «Ma a LJ piace *veramente* un'unica persona: LJ. Stiamo solo cercando di proteggerla da lui.»

«Forse con Savannah sarà diverso» dice Tracy. «In fondo le ha regalato un biglietto.»

«Scommetto che ne ha distribuiti a tutto il suo fan club.»

Il campanello suona e schizzo fuori dalla camera. «Sav!» chiamo dal pianerottolo.

Savannah sale rumorosamente le scale. «Scusate, sono in ritardo» ansima. «Mi sono dimenticata di accendere le piastre. Ho passato dieci minuti a cercare di stirarmi i capelli con i ferri freddi!» Mi passa davanti di corsa con in mano il sacchetto di un negozio che va molto di moda.

Povera Sav. Doveva essere agitatissima per commettere un errore così. La seguo in camera. Il sacchetto è per terra e lei ci sta già mostrando due vestiti a dir poco strepitosi.

«Quale dei due?» Fa dondolare davanti a sé

prima un favoloso abito a palloncino blu elettrico. Poi, con un veloce cambio, se ne fa penzolare sotto il mento uno aderente con paillettes. I lustrini la illuminano come una dea.

«Nessuno.» Glieli strappo letteralmente di mano. «Ti confonderesti con una delle sue tante ammiratrici.»

Mi guarda a bocca aperta. «Ma sono i migliori che ho!»

«Lo so e sono bellissimi.» Li appoggio sul letto con cura. «Ma se ci fosse anche Bethany? Lo sai che sceglierà lo stesso look da vamp tutta gambe. Tu devi *distinguerti* per fare colpo su di lui.»

Savannah fa una smorfia dubbiosa. «È quello che pensi anche tu?» chiede a Tracy.

Tracy annuisce. «Sì, secondo me Gem ha ragione.» Raccoglie da terra un lungo abito beige. «Prova questo. Mette in evidenza le curve.»

Il vestito è avvolgente, ma contiamo sul fatto che il color fango renda Savannah invisibile.

Lo infila e si gira per guardarsi allo specchio. «Non male...»

Non male?

È mozzafiato! La fascia dal collo alle caviglie, come un fiore di loto che sta per sbocciare!

«No, non va bene» esclamo. Afferro un abito grigio e squadrato lungo fino al ginocchio che dovrebbe trasformarla in una segretaria dall'aria dimessa.

«Perché no?» Savannah sta ancora ammirando il fiore di loto. «A me piace molto.»

«E questo ti piacerà ancora di più» le garantisco, allungandole il vestito grigio.

Lei lo prende poco convinta. «No, non mi va di sembrare sciatta.»

Tracy mi guarda e solleva un sopracciglio. So a che cosa sta pensando. Savannah non potrà *mai* sembrare sciatta.

Prova il vestito grigio. Avevo ragione: ricorda una segretaria... ma una segretaria che si è appena strappata via gli occhiali e sciolta i capelli per rivelare la regina di bellezza che c'è in lei.

La semplicità dell'abito, semmai, mette in risalto il suo splendore.

Tracy la guarda costernata. «Non è giusto!» È in piedi accanto a Savannah con la sua mise da bibliotecaria. «Siamo come le foto "prima e dopo".»

Spingo via Tracy. «Questo non è un buon momento per fare dei paragoni. Tu devi far visita a degli anziani genitori. Savannah passerà la serata con il Re dei Fighi.»

Poi mi viene un'idea.

Emo!

LJ – una forma di vita basata sul gel, cento per cento americana e adoratrice delle passerelle – deve per forza pensare che il mondo tormentato e cupo del classico emo sia assolutamente *out*. Resta solo da convincere Savannah. Ma come?

«Ci sono!» grido.

Tracy e Savannah mi guardano stralunate.

«Cindy sta facendo un'indagine proprio in questi giorni su quali sono i look che i ragazzi trovano più sexy.» Okay, è una bugia, ma Savannah pende dalle mie labbra, gli occhi sgranati, quindi continuo. «Come autrice della rubrica di moda e bellezza per la webzine, vuole scoprire quale tendenza ottiene maggiori attenzioni dai ragazzi tra i quattordici e i sedici anni.»

Savannah batte le mani entusiasta. «È il gruppo d'età di LJ!»

«Esatto.»

Tracy inclina il capo. «E allora?»

Vado avanti. «Insomma, è risultato che...» aspetto un immaginario rullo di tamburi «...il look più popolare è...»

Savannah sta praticamente ansimando.

«...quello emo.»

«*Emo?*» Savannah mi fa eco come se avesse capito male.

Incrocio le dita dietro la schiena e prego che abbocchi.

«Emo» ripete. Inizia ad annuire. «*Emo.*» L'idea sta facendo breccia. «Va bene. Farò una prova.»

Alle spalle di Savannah faccio a Tracy un eloquente gesto con i pollici alzati. Sarà fantastica... no, sarà *emo*tastica!

Tracy inizia a lavorare sul trucco, mentre io tiro fuori qualsiasi indumento nero possieda. Quando mi giro, le braccia cariche di vestiti, Tracy le ha già cerchiato gli occhi con l'ombretto rosso e la sta truccando con uno spesso strato di eyeliner nero.

Aspetto che aggiunga i tocchi finali: sbiancare la carnagione di Savannah per renderla pallida come quella di un vampiro e poi mischiare il suo rossetto rosso cupo con una goccia di mascara, per ottenere un colore scuro da far paura.»

«E ora vestiamola» dico sorridendo.

Riusciamo a coprire la maggior parte di Savannah. La fasciamo di nero dalla testa ai piedi. Collant strappati, vestito aderente, il tutto sormontato da un soprabito morbido che ho preso dalla mamma tre anni fa, prima che lo buttasse via. Da Halloween mi è rimasto dello spray viola per i capelli. Tingo qualche ciocca attorno al viso di Savannah.

Guardo l'orologio. Abbiamo finito con cinque minuti d'anticipo.

«Che ne pensi?» chiede Tracy, mentre Savannah si guarda allo specchio.

L'adoro. È un incubo gotico. Dracula se la divorerebbe, ma l'LJ modaiolo, il nemico dei carboidrati, si ritirerà inorridito.

«Sono un po' pallida.» Savannah si pizzica le

guance. Non sembra esattamente *entusiasta* da quel cambio di look.

«Andiamo» dico e inizio a spingerla verso la porta, prima che si tiri indietro «se no perdiamo l'autobus.»

Tracy si agita. «Devo essere a casa di Jeff tra meno di venti minuti.» È la prima a scendere le scale e a uscire dalla porta.

Io la seguo con Savannah. La faccio passare dietro a Tracy, poi infilo la testa in cucina.

La mamma alza gli occhi dai fornelli, dove sta mescolando il risotto. «State andando?»

«Sì, l'autobus arriva tra poco.»

«Torni per cena?»

«Tienimi qualcosa da parte» le dico. «Non farò tardi.»

«Dieci e mezzo» grida lei, mentre mi dirigo verso l'ingresso.

«Va bene» rispondo a mia volta.

Ben è in piedi sulla soglia del soggiorno e guarda Savannah svolazzare fuori di casa come un pipistrello. «È una festa in costume?» chiede.

«*Shhh!*» Sono terrorizzata all'idea che

Savannah lo senta. «Sta solo provando un nuovo look.»

Ben sembra pensieroso. «Non è più tanto bella» mormora.

Lo caccio via, segretamente compiaciuta. «Buonanotte, Ben.» E prima che lui possa aggiungere altro, seguo Tracy e Savannah sul vialetto.

«Ciao, Tracy!» dico, quando ci separiamo all'angolo. «Buona fortuna!»

Tracy si incammina piano verso casa di Jeff, lo sguardo basso e le spalle curve.

«Andrà tutto bene!» le grido.

«Non dimenticarti di sorridere!» aggiunge Savannah.

Savannah e io ci dirigiamo alla fermata, dove arriviamo insieme all'autobus. «*Tu*, invece, non devi sorridere» le dico salendo. «Sorridere non fa parte del look.»

Mentre andiamo a cercare un posto al piano di sopra, sbatacchiate dal movimento del veicolo, accanto a Sav inizio a sentirmi strana. Sembro stupidamente normale al suo confronto, e sono quasi imbarazzata nel farmi vedere con lei. Il senso di colpa mi tormenta e, quando riconosco Marcus con Ryan, Bilal, Sal e Chris McClaren, nei sedili in fondo, mi sento anche peggio.

«Oh, mio Dio!» Sal ci corre incontro. «Come diavolo ti sei conciata, Sav?»

Vorrei sprofondare. *Zitta, Sal. È per il suo bene!*

«Che c'è?» Savannah la guarda come se non capisse.

«Lo sai, *vero*, che al Sounds ci sarà anche LJ?»

Savannah si butta una ciocca di capelli viola dietro la spalla. «Certo!»

«E allora perché ti sei vestita come se Dracula fosse appena morto un'altra volta?» Sal è chiaramente sotto shock.

«Mi andava di provare un nuovo look.» Mi guarda con affetto. «Secondo Gemma i ragazzi lo trovano sexy.»

Sally si gira a guardare Ryan, Bilal e Chris alle sue spalle. Lanciano occhiate a Savannah, ridacchiando e dandosi gomitate. Non sembrano proprio *ammaliati*. Poi Sal nota i miei jeans e maglietta. «Non abbastanza sexy da provarlo su di sé, a quanto pare.»

Cerco di difendermi, ma il senso di colpa mi soffoca. «Io non... ehm... non sono interessata a nessuno.»

«Ne sono felice.» Sal riporta la propria attenzione su Savannah. «Se avessimo un'altra emo a bordo, raggiungeremmo la massa critica e imploderemmo in un buco nero.»

Gli occhi cerchiati di rosso di Savannah si accendono di preoccupazione. «Sembro stupida?»

«Non preoccuparti» la conforta Sally. «È bello vederti provare qualcosa...» si sforza per trovare le parole «...di nuovo.»

Bilal scoppia a ridere, mentre Ryan si gira dall'altra parte. Marcus invece non ride, guarda Savannah con occhi dolci. Il mio senso di colpa trova un po' di sollievo. Ancora una volta Marcus sta dando prova di essere il ragazzo migliore per lei. Se solo Sav se ne rendesse conto!

Lei però è accasciata su un sedile, la testa contro il finestrino. «Oddio» piagnucola. «Che cosa ho fatto? Non posso credere di avere accettato di vestirmi così.» Mi fissa con uno sguardo serio che quasi mi uccide. «Ma sei sicura al cento per cento che l'indagine di Cindy dicesse proprio *emo*?»

«Sicurissima, sì.» Cerco di ignorare le risatine provenienti dal fondo dell'autobus e di concentrarmi sul fatto che sto impedendo a Savannah di farsi spezzare il cuore. Lei insiste a entrare nella fossa dei leoni... e io sto provando a trattenerla, tutto qui.

Mi convinco che sarà una grande serata. LJ snobberà Savannah, e Marcus – il dolce, dolcissimo Marcus – sarà lì ad asciugarle le lacrime. Nel giro di una settimana cominceranno a uscire, ed entro Pasqua decideranno di vivere insieme per sempre, felici e contenti.

Scendiamo vicino al night club. Quando raggiungiamo l'ingresso, Savannah inizia a comportarsi come la più timida delle ragazzine. Curva nel soprabito nero svolazzante, mostra il biglietto e supera il buttafuori.

La prendo a braccetto. «Sei fantastica, Sav» le dico. «LJ andrà fuori di testa.»

«Sì, certo» borbotta lei amareggiata.

Il locale è pieno. Qua e là, tra la folla, vedo dei volti che riconosco dalla scuola. Sul palco, dall'altra parte del locale, Sam sta armeggiando con un microfono, sistemandone l'altezza. Mi chiedo se sia nervoso. Questo dev'essere il concerto più importante che abbia mai fatto.

«Ciao, Savannah.» Alle orecchie mi arriva un familiare accento americano.

LJ sbuca dalla folla e, dietro di lui, c'è la fila delle sue ammiratrici.

Savannah sembra pronta a morire. Il suo sguardo guizza da una parte all'altra. Ha l'aria di voler sfuggire dal proprio corpo.

«*Adoro* questo look.» LJ traccia una linea con un dito nell'aria davanti a lei. «Emo. Carino.» Il suo fan club inizia ad annuire e a mormorare.

Io emetto soffocati gorgoglii da pesce rosso. Sono sotto shock.

Savannah recupera la mascella che le è caduta sul pavimento e raddrizza le spalle. «Mi andava di mettermi così» dice con finto distacco.

«L'ultimo servizio fotografico che ho fatto era tutto in stile gotico.»

LJ fa scorrere la mano ammirato lungo il collo logoro del soprabito di Savannah. «Figo, sì.»

Annego nella disperazione. Ho cannato ancora una volta!

Sento il cellulare che vibra. Lo tiro fuori dalla tasca. È un sms di Will.

"TROVATO NIENTE?"

Il pollice rimane sospeso sopra i tasti. Devo rispondere, ignorarlo, o dirgli che me ne sto occupando?

Se sei in dubbio, non fare niente, mi dico.

Mentre rimetto il telefono in tasca, compare Sam.

«Mi sembrava che fossi tu.» Mi sorride. Poi vede Savannah. «Fermi tutti.» Fa un passo indietro. «Che cos'è questo look da "non morta"?»

Gli faccio la mia espressione da *shhh!,* ma fortunatamente Savannah non sente. È troppo occupata a guardare LJ che si reimmerge nella folla.

«Vieni con noi» le dice LJ girandosi, e lei si tuffa dietro di lui come una sirena in missione.

Sam si gratta la testa. «Vai con loro?» chiede.

Sono combattuta. Vorrei seguire Savannah per impedirle di buttarsi su LJ. Ma devo anche chiedere a Sam se può farmi vedere il backstage...

Il telefono vibra di nuovo. È Will.

"Allora?"

Lo spengo.

«Sam.» Ho gli occhi puntati sulle sue scarpe. «Mi stavo chiedendo...»

«Sì?»

«È possibile dare un'occhiata al backstage?»

«Eh?» Ha un'espressione interrogativa.

«È che io *adoro* i backstage.» La bocca mi parte al galoppo. «Mi sono sempre piaciuti, fin da quando ero bambina. Balletti. Commedie musicali. Non ne ho mai abbastanza di tutta quell'atmosfera da cerone e segatura.»

Sam aggrotta la fronte. «Non è esattamente la Scala» mi avverte. «È più aste per microfoni e cavi per le casse, che cerone e segatura.»

«*Oh, ancora più eccitante!*» dico, mostrando un entusiasmo spropositato. «Ho sempre desiderato sapere cosa accade dietro le quinte. Cioè, da fuori è tutto luci e lustrini. Scommetto che da dentro non è altrettanto sfavillante. A meno che non abbiate una stanza piena di palle stroboscopiche e un'altra pista da discoteca. Wow, non sarebbe fantastico?

Una pista privata. Mi piacerebbe *un sacco* vederla. E ho promesso a Tracy che avrei...»

«Andiamo, allora.» Mi prende la mano e mi fa strada tra la folla.

Capitolo 10

Sam mi fa uscire da un grosso portone su un lato del palco. Vengo investita da una folata di aria fredda. Dopo il buio e il calore della sala, il mondo fresco e illuminato del backstage mi sorprende.

Davanti a noi si apre un ampio atrio ingombro di roba e rischiarato da neon fluorescenti.

«Ehi, Alex!» Sam fa segno a un ragazzo in T-shirt che cammina senza fretta lungo uno dei corridoi che si snodano da lì.

Senza mollare la mia mano, allunga il passo per raggiungerlo. Salto cavi e schivo aste per i microfoni fino a che non ci fermiamo accanto a lui.

Alex ci saluta con un cenno della testa, e dietro

il cespuglio arruffato di capelli scorgo il suo volto ossuto.

«Ciao» alzo la mano come un automa, incerta su cosa dire.

Da una porta sbuca un altro ragazzo dal look trasandato.

«Ti presento Gemma» dice Sam, facendogli segno di avvicinarsi. «Gemma, questo è Pete.»

Pete mi prende la mano e me la scuote energicamente. «Ciao, Gemma.» Le sue dita sono sudaticce. Quando mi lascia andare ne sono felice.

«Che cosa suoni?» chiedo. E penso: *Lo noterà, se mi asciugo la mano nei jeans?*

«Il basso.»

«Forte!» Mi infilo la mano nella tasca posteriore, sperando che la stoffa ne assorba il sudore.

Quando dalla porta esce il terzo tipo Aspetto-Trasandato-E-Pantaloni-A-Zampa-Di-Elefante, mi infilo in tasca anche l'altra mano.

Ha l'aria di uno che può attaccarti non solo un po' di sudore, ma anche parecchio sporco.

«Questo è Joel Kenyon, ma noi lo chiamiamo Kenny.» Sam dà una pacca sulla spalla all'amico.

Simile a un pupazzo di pezza, Kenny ondeggia avanti e indietro, poi emette uno strano grugnito e se ne va per la porta da dove era venuto.

«Non è quel che si suol dire una persona socievole» spiega Sam.

«Ma è un grande batterista» aggiunge Pete osservando Kenny che si allontana.

Sam mi guarda con aria interrogativa. «Che ne pensi?» chiede.

«Di Kenny?»

«Del backstage.»

Do un'occhiata più attenta all'asettico corridoio, cercando di sembrare impressionata.

«A Gemma piace stare dietro le quinte» spiega Sam a Pete e Alex.

Io mi guardo attorno nervosa. «S-sì. Qui, in un certo senso, è dove tutto accade.»

Pete sorride. «Noi tendiamo a concentrarci di più su quello che succede sul palco.»

«Lo immagino.» Lancio un'occhiata al fondo del corridoio e scorgo degli scalini. «Quelli dove portano?»

«Sul palco» risponde Pete guardando l'orologio. «A proposito, andiamo in scena fra dieci minuti. È meglio che vada ad accordare il basso.»

«Quello è il vostro camerino?» Indico il varco oltre il quale sono spariti sia Kenny che Pete.

«Sì.» Sam mi guida in quella direzione. «Vuoi vederlo?»

Sono più interessata all'ufficio di Johnny Calvo, ma non posso dirlo a Sam. «A dire il vero, mi stavo chiedendo se da queste parti ci fosse un bagno.»

«Certo.» Sam indica una porta antincendio in fondo al corridoio. «Oltre quella porta, dritto e poi a destra.»

«Grazie.» Corro via. Ho lo stomaco chiuso per l'agitazione. E se mi beccano mentre ficco il naso in giro?

Il silenzio che si crea quando la porta antincendio si richiude alle mie spalle mi rende nervosa. È come quando sei sott'acqua. Mi sembra di essere diventata sorda.

All'improvviso sento una voce. È roca, e il tono arrabbiato.

A un certo punto il corridoio si biforca. In silenzio sbircio oltre l'angolo. Alla mia destra c'è una porta con l'insegna "Toilette". Striscio oltre in punta di piedi e mi dirigo verso la voce. Il cuore mi batte così forte che lo sento in gola. Supero un'uscita d'emergenza; dalla porta socchiusa dall'esterno arriva una corrente fredda. Un neon fluorescente ronza sopra la mia testa. In quel tratto di corridoio ci sono delle scatole impilate lungo le pareti e quindi il passaggio è stretto, ma avanzo lo stesso, la mano sul telefono che tengo in tasca.

La voce si fa sempre più forte. I palmi delle mani mi sudano, neanche fossi Pete. Mi fermo dietro a una catasta di cartoni. Poco più avanti c'è una porta semiaperta. Ora la voce sta sbraitando.

«Non voglio sentire scuse!» urla.

Sarà Johnny Calvo? Mi avvicino e sbircio tra i cardini. Un'ombra si muove dietro la scrivania. Quello dev'essere proprio il suo ufficio!

«La consegna doveva essere qui ieri notte!»

Alle urla di Johnny risponde il crepitio metallico della voce all'altro capo del telefono.

«Avevamo un accordo!» ringhia Johnny. «Voglio la droga, chiaro?»

La droga! L'adrenalina mi pompa in corpo

come se mi avessero appena fatto un'iniezione di adrenalina.

Johnny sta gridando. «Ho i clienti che fanno la fila e non mi piace farli aspettare!»

Prendo il cellulare dalla tasca. Devo registrare la conversazione. Armeggio in fretta, in cerca della funzione REGISTRA.

Bang!

Alle mie spalle una porta sbatte con forza.

Mi giro con il cuore che scoppia. L'uscita di emergenza si è chiusa, forse è stato il vento. Il colpo ha fatto tremare i muri.

So di essere in pericolo. La porta antincendio è lontanissima. Sento dei passi attraversare l'ufficio di Johnny Calvo. Indietreggio, in preda al panico, e inciampo in alcuni scatoloni, facendoli rotolare a terra. Il telefonino mi scivola di mano e cade rumorosamente sul pavimento.

L'ufficio si spalanca e Johnny Calvo mi si para davanti in tutta la sua imponenza. Un metro e ottanta, coperto di anelli e medaglioni d'oro scintillanti. Ricorda un gorilla. Dal petto superabbronzato gli spuntano dei grossi peli neri. Il volto dalla mascella prominente è rasato per metà. In testa porta un parrucchino che sembra uscito dal Mercatone della Moquette.

«Che ci fai qui?» mi ringhia contro.

È peggio che essere fatti a brandelli da un insegnante.

Il terrore mi paralizza.

Agli insegnanti, però, non è consentito ucciderti e nascondere il tuo cadavere nel bagagliaio della loro Mercedes, nemmeno se sono tentati di farlo.

Mi tuffo sul mio cellulare, lo raccolgo dal pavimento e indietreggio. Questa volta evito le scatole. «S-scusi» farfuglio. «Cercavo il bagno. Ero con la band... mi-mi hanno detto che era quaggiù.»

«Ma davvero!» Calvo si avvicina con passo pesante, gli occhi minacciosi. «Ci sei passata davanti circa dieci metri fa.»

Retrocedo come impazzita.

«C'è scritto "Toilette". Non è difficile da trovare.» Si sta avvicinando sempre più, le mani strette a pugno. «O non sai leggere?»

«Oh, scusi...» Do un'occhiata alle mie spalle. «Ci sono passata davanti senza accorgermene.»

«Però sei riuscita a trovare il mio ufficio...» La sua voce è sempre più minacciosa.

«E-era il suo ufficio, quello?» balbetto. «Mi dispiace. Non intendevo disturbarla.»

La porta antincendio si apre alle mie spalle.

«Gemma?»

Quando sento la voce di Sam, provo un'ondata di sollievo.

«Hai trovato il bagno?»

Calvo si ferma. Mi fissa mentre indietreggio verso Sam.

«È tutto a posto?» Sam sembra preoccupato. «Ti sei persa?»

«Sì.» Sono sollevata nel sentire il suono smorzato della musica del locale. Calvo mi osserva torvo e io rabbrividisco.

«Hai freddo?» chiede Sam.

«Un po'.» Mi sento male. «Scusa, sarà meglio che vada a cercare Savannah.»

Capitolo 11

«Eccoti!» Savannah si fa largo tra la folla e mi raggiunge.

Devo mandare un sms a Will!

«Ma dov'eri finita?» Savannah si avvicina al mio orecchio. Ha un bicchiere di plastica con del succo in mano.

«Sam mi ha fatto vedere il backstage.»

Solleva le sopracciglia. «*Davvero*?»

«Sì, mi interessava.»

«Non l'avevo capito.»

«Che cosa?» Ho l'impressione che stiamo parlando di due cose diverse.

«Tu e Sam.»

L'irritazione mi fa rizzare il pelo. Devo *assoluta-*

mente dire a Will che cosa ho scoperto. «Non c'è niente tra me e Sam» le rispondo in malo modo. «A lui piace Cindy. Volevo solo vedere com'era il backstage.»

Savannah fa marcia indietro. «Ok, ti credo.» Si è tolta l'enorme soprabito nero e su di lei questa cosa dell'emo funziona. Il vestito nero attillato è forte a suo modo e sotto le luci della discoteca il rossetto scuro la fa sembrare una perfida mangiatrice di uomini.

«Vuoi qualcosa da bere? LJ si è fatto amico il ragazzo del bar. Può prenderti quello che vuoi.»

«Una Coca sarebbe fantastica.» Cerco di distrarla per poter mandare il messaggino a Will. «Puoi prendermela tu?»

Dal palco esplode la musica. Sam è al microfono, mentre la band, alle sue spalle, comincia a scaldarsi.

«Inizia il concerto!» Savannah si contorce come un gatto in amore. «È meglio che torni dagli altri. Vieni?»

Immagino che "gli altri" siano LJ e il suo fan club.

«Arrivo tra un minuto» le assicuro. «Ho detto a mia madre che l'avrei chiamata... per farle sapere che siamo arrivate bene.»

«Okay.» Savannah si fa largo tra la calca che si sta ammassando attorno al palco. Tiene il bicchiere alto sopra la testa e un po' di succo le cola giù dal braccio. «Non metterci troppo.»

Riesco a malapena a sentirla, la musica è fortissima. La vedo allontanarsi, quindi mi appoggio al muro e mando un sms a Will.

"TROVATO QUALCOSA."

Resto in attesa di una risposta, fissando il telefono con il cuore che mi batte all'impazzata.

Niente.

Mi avvio verso l'ingresso. Forse qui il segnale è debole.

L'ingresso è fresco e tranquillo. Controllo le tacchette sul cellulare. Bene, qui c'è più campo.

Andiamo, Will!

Non posso più aspettare. Scorro i contatti e compongo il numero.

Occupato.

Ma con chi diavolo parla? Che ci sia una chatline dove si possono insultare quelli di Prima per dieci centesimi al minuto? Secondo me, Will sarebbe disposto anche a pagare per poterlo fare.

Vado su e giù fino a che il buttafuori sulla porta non inizia a guardarmi con sospetto.

Savannah irrompe da una porta, accompagnata da un riff di chitarra. «La band di Sam è uno sballo!» grida.

Il buttafuori la guarda male. Sta urlando come se la musica fosse alta anche lì. Nel silenzio dell'ingresso sembra pazza.

«Scusi.» Abbassa la voce. «Non è stato dolce, Sam, a dedicarti una canzone?»

«Mi ha dedicato una canzone?» La guardo incredula.

«Sì.» Dà un'occhiata alle pareti lucide che ci circondano. «Ma scusa, che ci fai qui?»

«Telefono.» Indico il cellulare, cercando di non tradirmi. In quel preciso istante, il telefonino suona e il display si accende mettendo in bella mostra il nome di Will.

Savannah mi guarda stupita. «Si può sapere cosa stai combinando?»

«È per la webzine» le dico vaga.

«A quest'ora?»

Premo il tasto di risposta.

«Ciao, Will.» Copro il microfono. «Torna pure dentro» dico a Savannah. «Nel caso Sam dedichi una canzone anche a te.»

Gli occhi di Savannah si illuminano. «Oh, magari, farebbe una certa impressione su LJ!» Rientra e viene subito inghiottita dalla musica, mentre io sono libera di parlare con Will.

«Gemma?» Sta gridando il mio nome nel telefono. «Sei lì? Che cos'è successo?»

«Ciao, Will.»

«Allora? Qual è questa gran notizia? Cos'hai trovato? Dimmi.» Mi rivolge una raffica di domande in stile poliziesco, come se io non volessi dirgli quello che so.

Mi metto in un angolo, il più lontano possibile dal buttafuori, e sussurro nel microfono. «Gli ho sentito dire qualcosa su della droga.»

«*Droga?*» Sembra che gli abbia appena detto che ha vinto alla lotteria.

«Sì, credo che spacci fuori dal locale.»

Lancio un'occhiata furtiva al buttafuori, poi distolgo lo sguardo prima che pensi che abbia una cotta per lui.

«Sono lì tra dieci minuti» dice Will. «Aspettami fuori.»

Dieci minuti? Prenderà in prestito la scopa di Cindy?

Chiudo la chiamata e mi rituffo nell'oscurità affollata del night club.

Spiegare a Savannah che devo andare è più semplice di quanto pensassi. È così impegnata a guardare LJ che potrei dirle qualunque cosa: che partorirò il figlio illegittimo del professor Harris, o che la testa di Tracy è esplosa durante la cena e i signori Simpson hanno chiesto il mio aiuto per rimuovere i resti del cervello dalla carta da parati. Invece le dico che la mamma non sta bene e che ha bisogno di aiuto con Ben.

Lei annuisce e sorride. «Okay.»

«Ci vediamo lunedì» grido sopra lo stridente assolo che Alex sta estorcendo alla sua chitarra.

«Lunedì, sì» dice Savannah distratta. Sta cercando di avvicinarsi a LJ da quando ho iniziato a parlare. Ci si potrebbero tostare delle fette di pane nello spazio rovente che li separa.

Sono felice di andarmene, così non sarò costretta a guardarli flirtare.

Fuori l'aria è fresca ma piacevole. Faccio avanti e indietro sul marciapiedi deserto, rimanendo nel cerchio di luce che irraggia dal lampione. Il vento è forte, ma non sta piovendo. Non vedo l'ora di parlare con Will di quello che ho scoperto. Guardo l'orologio, poi il cielo, alla ricerca di scope in arrivo. In quel momento, una macchina accosta qualche metro più in là. Will scivola fuori dal lato del passeggero come un serpente che scappa dal terrario. Sbatte la portiera e dà un colpetto sul tettuccio. La macchina riparte in fretta. Quando mi passa accanto, al volante intravedo una donna di mezza età.

«Era tua madre?» chiedo a Will che viene verso di me a grandi passi. Non ho mai pensato al fatto che Will potesse avere una madre. Avevo dato per scontato che fosse scaturito così com'è, giacca in pelle compresa, come la dea Atena di cui parla spesso la professoressa Dalton, nata già adulta, e armata, dalla testa di Zeus. È dolce invece pensare che abbia una madre. Me la vedo con il grembiule mentre gli serve un buon piatto caldo di minestra.

«Non sono affari tuoi!»

La sensazione di calore viene raggelata dal ringhio di Will.

«Era solo una domanda.»

«Non sono venuto fin qui per condividere i miei segreti di famiglia» borbotta. «Che cos'hai scoperto?»

«Calvo aspetta una consegna di droga.»

«Questo me l'hai già detto» risponde secco lui. «Dimmi chi, come, dove, quando e perché.» Mi snocciola le classiche domande, come un reporter consumato.

Parto dall'inizio. «Ho trovato il suo ufficio e mi sono messa a origliare fuori dalla porta.» Lancio un'occhiata al locale, nervosa ed eccitata insieme. «Era al telefono con qualcuno.»

«Hai sentito un nome?» Will tira fuori dalla tasca un taccuino e lo apre con un colpo di polso.

Scuoto la testa. «No. Ha detto solo che la consegna doveva essere qui la notte scorsa e che voleva la droga.»

Will scribacchia qualcosa sul taccuino, parlando mentre scrive. «Ha detto di che tipo? Erba? Coca? Eroina?»

Scuoto di nuovo la testa. «Ha usato solo la parola "droga".»

Will annuisce. «Nient'altro?»

«Sembrava piuttosto arrabbiato» riferisco. «Ha detto: "Ho i clienti in fila e non mi piace farli aspettare".»

Will richiude il taccuino. «Bel lavoro.»

Aspetto il commento successivo. L'appunto sarcastico che mi taglierà le gambe.

E invece non arriva.

«Abbiamo una vera pista da seguire, adesso.» Si passa una mano tra i capelli. La tensione nervosa produce scintille attorno a lui, come fosse energia statica. «Ci procurerò i biglietti per il concerto della settimana prossima. Possiamo tornare qui insieme e cercare qualche altro indizio.»

Insieme! Mi sta davvero prendendo sul serio. Soffoco la gioia e mi concentro sulla storia. «Non dovremmo tenere d'occhio il posto?» chiedo. «La consegna potrebbe avvenire stanotte.»

Will aggrotta la fronte. «Troppo pericoloso.» Scuote la testa. «Potrebbe essere una cosa grossa, ma dobbiamo andarci con i piedi di piombo.»

Per tornare a casa prendiamo lo stesso autobus. In un certo senso ne sono felice. Di notte gli autobus non sono propriamente i miei posti preferiti.

«Cindy muore dalla voglia di sapere su che cosa verterà l'articolo» gli dico mentre guardiamo i lampioni sfilare via.

«Non gliel'hai detto, vero?» Sfrega i piedi senza sosta sul pavimento sporco.

«No.»

«Bene.»

«In classe è tosta come lo è alle riunioni editoriali?» Voglio il punto di vista di qualcuno di Seconda sulla Regina di Ghiaccio.

«Un buon direttore *deve* essere tosto.»

Sono sorpresa che la difenda. Decido di lasciar perdere. Per dei buoni pettegolezzi bisogna essere in due, e lui chiaramente non sta al gioco.

Mi arriva un messaggino di Tracy.

"Serata fantastica. Genitori forti. Jeff superdolce. Grazie del sostegno. Tvb."

Sorrido. Quando Tracy è felice, sono felice anch'io. Soprattutto se, tra le altre, ho appena sventato un giro di droga. Sono al mio primo articolo, e ho già vinto al Superenalotto! Quando la notizia arriverà alla stampa, il mio nome diventerà celebre.

Scivolo in uno dei miei sogni a occhi aperti...

L'impaziente inviato di un giornale locale mi aspetta davanti alla porta di casa.

"Quando ha scoperto per la prima volta che Calvo spacciava eroina?" Il suo taccuino è aperto, pronto a prendere appunti.

Prima che possa rispondere, si fa avanti un uomo con un bel completo grigio che mi offre il suo biglietto da visita. "Gemma Stone?"

Annuisco.

"Articolo fantastico." Mi prende la mano e me la stringe con forza. "Il nostro giornale ha bisogno di reporter come lei. Gente giovane, in contatto con la strada."

La scena nella mia testa si sposta nella redazione di un giornale di Londra. I monitor ronzano, le tastiere ticchettano, i reporter schizzano da un ufficio all'altro e ovunque regna una gran confusione.

"Stone!" Il direttore mi chiama dal suo ufficio. "Vieni qui."

Io corro e mi siedo, mentre il mio capo cammina avanti e indietro. "Ho appena ricevuto una telefonata" mi dice. "Il tuo pezzo sul più grande cartello della droga britannico ha ottenuto la nomination per il Miglior Servizio al Premio Internazionale della Cronaca." Si interrompe e mi guarda meravigliato. "Non posso credere che tu abbia solo quattordici anni. Sarai la più giovane vincitrice di tutti i tempi."

"*Se* vincerò" dico cauta.

"Vincerai, Stone" mi assicura lui. "Vincerai."

Capitolo 12

«Prendila!» Papà mi lancia la saliera. La afferro con una presa da professionista.

È domenica sera, stiamo cenando e papà fa di tutto per scongiurare l'atmosfera triste che prelude al lunedì mattina, pronta a calare sulla nostra casa come nebbia.

«Philip Stone!» La mamma lo sgrida come se fosse un bambino. «Che esempio dai ai tuoi figli?»

Troppo tardi. Ben impara in fretta.

Ha già agguantato la pepiera e la sta lanciando a papà, che allunga una mano e la prende rovesciandola: dai forellini vola fuori del pepe che gli sale dritto nelle narici. Papà strabuzza gli occhi, arriccia il naso ed esplode in un attacco di starnuti che dura cinque minuti buoni. Il suo naso sembra una mitragliatrice.

Ben non ne può più dal ridere: si rotola sul pavimento con le lacrime agli occhi; anch'io mi tengo la pancia e quasi cado dalla sedia.

La mamma si affanna attorno a papà che corre come impazzito su e giù per la stanza offrendogli dei fazzolettini e togliendo i soprammobili dalla sua strada.

«Stai bene, tesoro?» chiede preoccupata ogni volta che riemerge da una nuova raffica di starnuti e cerca di riprendere fiato.

Alla fine papà barcolla e collassa a terra con fare teatrale. «Sto morendo» farfuglia, prima di cedere a un altro gigantesco starnuto.

Ben striscia sotto il tavolo uscendo dall'altra parte, poi si lascia cadere accanto a lui. «Sei il papà più divertente del mondo.»

Papà gli mette un braccio attorno alle spalle, con gli occhi che gli lacrimano. «Grazie, peperino.» Gli stampa un bacio sulla testa, poi si alza tirando su anche lui.

Ci sediamo di nuovo a tavola.

«Come va la scuola, Gem?» La mamma approfitta del momento di calma per introdurre la sua domanda preferita.

«Bene.» So che vorrebbe più dettagli, ma non c'è abbastanza tempo per spiegarle tutta la situazione della Green Park e, senza alcune informazioni fondamentali, non riuscirebbe a orientarsi tra gli eventi in corso nel mio universo scolastico.

«Tracy come sta?» insiste.

«Bene.» Le racconterò dell'incontro con i genitori di Jeff una volta che io stessa saprò di più.

«E Savannah?» Dovrebbe fare la conduttrice di un quiz televisivo. «Sembrava un po' pallida, venerdì.»

Deve aver visto la trasformazione emo di Sav mentre percorrevamo il vialetto.

«Sta bene.» Mi faccio un appunto mentale di aggiornare la mamma sulle varie trame che compongono la mia vita. Ma in questo momento voglio solo divorare la mia cotoletta e il purè e finire gli oroscopi di Jessica Jupiter. Domani è il giorno della consegna e, con il resto della redazione che monopolizza le tastiere, non ho la garanzia di poter accedere a un computer alla webzine. «Posso alzarmi?» chiedo.

«Niente dolce?» mi domanda la mamma mentre appoggio le posate nel piatto e spingo indietro la sedia per alzarmi. «C'è il cheesecake.»

Il cheesecake... Esito. La mamma fa un cheesecake da urlo. «Posso mangiarlo più tardi?» chiedo. «Vorrei prima finire i compiti.»

La parola *compiti* fa miracoli e la mamma mi sorride. «Ma certo, tesoro. Te ne tengo un po' da parte per dopo.»

Non è da me rinunciare al cheesecake della mamma, ma ho una gran confusione di parole nella testa e voglio buttarle giù al computer prima che mi scappino.

Salgo in camera e mi sistemo davanti al nostro vecchio PC.

BILANCIA

Inizio con il mio segno. Dalla sera dell'eccitante scoop al Sounds ho la mente piena di sogni sulla mia brillante carriera. Magari, se li metto nel mio oroscopo, potrebbero avverarsi.

"Cara, assennata Bilancia. Una bella notizia sul fronte lavorativo può aver fatto pendere l'ago in tuo favore. Dopo che la scorsa settimana hai provato il tuo valore, sarai in grado di cambiare la tua vita grigia e noiosa in una brillante e favolosa come la mia. Sei una Stellina davvero fortunata."

Dopo aver scolpito il mio futuro nella pietra – o almeno averlo battuto in word – passo a Marcus.

Ho l'immagine di lui stampata nella testa che guarda Sav con aria adorante. Mi chiedo come abbia trascorso il resto della serata. Avrà fatto da tappezzeria mentre Savannah svolazzava attorno a LJ come una falena fatalmente attratta dalla luce.

Sagittario

Sono riuscita a trovare il suo compleanno senza appiccicarlo ovunque sul mio profilo Facebook.

"Fatti coraggio, Stellina, non tutto è perduto. Anche se pensi di non avere più speranze, il pomo della discordia è ancora sull'albero. Rimani nei paraggi, può ancora caderti in grembo. E se vuoi il tuo boc-

concino, fregatene di Newton: non preoccuparti della gravità della situazione, affonda i denti e goditi la sua dolcezza."

Ora è il turno di Sam. Si merita una menzione speciale. Dopotutto è stato lui a permettermi di andare al concerto e nel backstage per trovare la pista per il mio scoop.

CAPRICORNO

"La settimana scorsa hai brillato più di qualunque stella. Il più naturalmente dotato di tutti i segni, sei come un razzo che, puntato sulla luna, infrange il muro del suono. Prima che tu te ne accorga, il piccolo passo fatto di recente si trasformerà in un salto da gigante. E non dimenticare la bandiera. Quando arriverai, ti servirà."

Prendo il telefonino e scorro gli sms per rileggere quello dolcissimo che mi ha mandato Sam venerdì notte. "TUTTO BENE?"

Non riuscendo a trovarmi dopo il concerto, ha chiesto il mio numero a Savannah.

Sam è proprio simpatico. Aggiungo una riga al suo oroscopo.

"Goditi il tuo successo. Te lo meriti. Sei il segno più dolce dello zodiaco."

Suona il campanello. Sento la mamma che apre e si mette a chiacchierare con Tracy, venuta per la solita seduta di sostegno reciproco in preparazione del lunedì. La mamma le starà già facendo il terzo grado, sperando di estorcerle più informazioni di quelle che ha avuto da me durante la cena. Mi dico che forse dovrei correre in soccorso della mia amica, ma poi decido che può cavarsela anche da sola. Per la mamma è come una seconda figlia, e io ho ancora bisogno di qualche minuto per l'oroscopo di Sav. È facile. Ho deciso di smetterla di rimanere sul vago. Questa volta non voglio che fraintenda l'avvertimento di Jessica. E non voglio più che mi faccia altre domande su di lei.

Pesci

"Ehi, faccia da pesce lesso! Drizza bene le branchie e ascolta! Per essere una triglia, hai una spaventosa predilezione per i dolci. Ma smettila di ingozzarti di

cheesecake d'importazione. Finirai per farti del male. Se vedi un'etichetta Made in USA, stanne lontano e scegli invece qualche prodotto locale più genuino."

Sento Tracy che sale le scale facendo un rumore di piatti e posate.

«Tua madre mi ha chiesto di portare su questi.» Apre la porta spingendola con un piede. Ha in mano due piattini con il cheesecake. Me ne passa uno e si lascia cadere sul letto.

Prima di iniziare a parlare, si è già riempita la bocca con un'abbondante forchettata. Non è bello vedere come si ingozza, ma della tua migliore amica devi accettare anche i lati negativi.

«È ftato fotte» mi dice, con il cheesecake mezzo masticato in bocca.

Aspetto che deglutisca. «La cena con i genitori di Jeff, dici?»

Annuisce e carica un altro pezzo di dolce sulla forchetta.

Prima che possa infilarsela in bocca, mollo il mio piatto sulla scrivania e attraverso la stanza di corsa.

Quando sono al suo fianco, le blocco la forchetta e dico: «Voglio la versione senza cheesecake».

«Okay.» Mi mette in mano il suo piatto e si alza in piedi. «Arrivo lì, va bene? Ed è tutto un "Buonasera, signora Simpson. Buonasera, signor Simpson. Posso prendere il cappotto?" Il *mio* cappotto, non il loro... loro non indossavano il cappotto. E Jeff che saltella da un piede all'altro alle loro spalle, con quello sguardo terrorizzato neanche gli stessero operando il gatto a cuore aperto.»

«Ha un gatto?»

«No.» Fa un gesto come per scacciare la domanda. «A ogni modo, concludiamo la fase dei saluti, poi mi domandano se voglio sedermi e io dico: "Come, qui?" E mi guardo attorno nell'ingresso, chiedendomi se dobbiamo sederci a chiacchierare sulle scale, il che naturalmente è molto stupido, ma sono così nervosa che il mio cervello non funziona del tutto. La signora Simpson però è gentilissima e suggerisce che ci mettiamo in salotto, dove io mi aspetto il terzo grado, e invece loro scompaiono in cucina lasciando me e Jeff da soli. Allora divento paranoica e mi chiedo se siano andati via per sparlare di me, ma Jeff mi dice che stanno preparando il cenone, e io mi agito ancora di più nel caso non riesca a mangiare o stiano arrostendo una giraffa o qualcosa di altrettanto esagerato, e lui dice che non devo preoccuparmi, che è solo pollo.»

Mi stendo comoda su un cuscino, perché è chiaro che sarà una storia lunga.

Tracy ricomincia ad andare avanti e indietro. «Sto appena iniziando a sciogliermi, quando il signor Simpson – Trevor – entra con addosso un grembiule e mi chiede se voglio del succo e io dico di sì.»

Mangio un boccone del cheesecake di Tracy. È chiaro che avrò bisogno di sostentamento. È un fiume in piena.

«Beviamo del succo e io mi sento davvero rilassata, ora, perché la casa è, insomma, del tutto normale, con pile di giornali e libri come se avessero in un certo senso riordinato ma senza diventare matti. E poi arriva la signora Simpson che si appollaia sul bracciolo del divano e inizia a dire quanto sia felice di conoscermi e che spera che mi piaccia l'aglio, perché Trevor – il signor Simpson – ne va pazzo. E io dico: "Almeno non è un vampiro" e la signora Simpson ride.»

Tracy si interrompe e mi guarda. «Ha davvero *riso*, Gem, e poi ha detto: "Io ho sempre preferito i lupi mannari". E io ero d'accordo con lei, perché i lupi mannari sono molto più fighi dei vampiri. Cioè i vampiri sono così gracili. Sono allergici praticamente a tutto! Sole, croci, aglio. C'è da meravigliarsi che riescano ad andare a caccia. Voglio dire, se un semplice umano fosse allergico a tutte quelle cose, dovrebbe vivere sotto una campana di vetro con le luci spente.»

Ingoio un altro boccone di dolce. «E hai detto tutte queste cose alla signora Simpson?»

«Jane» mi corregge Tracy. «Vuole che la chiami Jane.»

«Sembra simpatica.»

«Lo è!» Tracy ha l'aria stupita. «Perché ho *veramente* detto tutte queste cose sui vampiri... Ero così nervosa che parlavo a manetta.»

Sorrido. Conosco bene la sensazione.

«Ma a lei è piaciuto e dopo la nostra lunga

discussione sui vampiri ci siamo trovate d'accordo sul fatto che i lupi mannari li dominerebbero in tutti i sensi. Subito dopo è arrivato Trevor e ha annunciato che la cena era pronta.»

«Pollo all'aglio?»

«Come hai fatto a indovinare?»

«Sono perspicace, tutto qui. E ti sei offerta di dare una mano?»

«Sei sensitiva o cosa?»

«Scrivo oroscopi, non dimenticarlo» le rammento. «Sono in contatto con un mondo superiore. Riesco a vedere ogni cosa.»

Tracy si butta indietro i capelli. «Stai solo tirando a indovinare.»

«Sì.» Mi ficco in bocca un altro pezzetto del cheesecake di Tracy. «E poi?»

«Sono riuscita ad arrivare in fondo alla cena senza farmi andare di traverso un osso né rovesciare il succo e poi...»

«Ti hanno fatto delle domande?»

«Oh sì, in un certo senso. Ma era okay, perché sembravano davvero interessati. Come se fossi una persona *vera,* non solo la ragazza del figlio.»

«Jeff è fortunato ad averti incontrata» commento.

«È quello che ha detto anche Jane!» Tracy prende il piatto di cheesecake che avevo lasciato accanto al computer e si siede vicino a me. «Dice di essere felice che suo figlio abbia altri interessi a parte il calcio, una volta tanto.»

«Insomma, sei contenta di com'è andata.»

Tracy mi fa un enorme sorriso. «Credo di piacere a tutti e due.»

Le do una gomitata. «Perché non dovresti?»

Lei si butta sul mio cheesecake. «Non sembravano arrabbiati nemmeno quando mi sono seduta sul signor Woofy.»

La guardo confusa. «Chi è il signor Woofy?»

«Il loro camaleonte.»

Sono senza parole. «Un *camaleonte?*»

«Non è che mi ci sono proprio seduta» spiega Tracy. «Cioè, per fortuna l'ho visto all'ultimo.»

«Così hai evitato di spiaccicare il loro animaletto da compagnia?»

«Sì.» Tracy sembra sollevata. «E non hanno fatto caso alle urla.»

«Urla?»

Tracy mi lancia un'occhiata molto seria. «A te è *mai capitato* di essere lì lì per sederti su un camaleonte?»

Scuoto la testa in segno di diniego.

«Allora non giudicarmi.» Arriccia il naso sdegnosa. «Fa più impressione di quanto si possa immaginare. Francamente, penso che *chiunque* avrebbe urlato.»

«Quindi, a parte l'aver quasi ucciso il loro cucciolo e le urla, la serata è andata bene?»

«Jeff ha detto che sono stata magnifica.» Tracy si riempie la bocca con dell'altro dolce. «E hanno detto che sarò sempre la benvenuta.»

Sono molto orgogliosa di lei. Deve averli proprio affascinati, se le hanno perdonato un quasi omicidio *e* le urla.

Tracy ingoia quel che resta del dolce. «Allora, com'era il Sounds?»

«Era okay.»

Le prendo il piatto e lo appoggio. Muoio dalla voglia di dirle del mio scoop, ma ho paura di mettere a rischio l'indagine.

«Com'è la band di Sam?»

Purtroppo non posso dirle che mi sono persa la maggior parte del concerto. «Savannah li adora.»

Come nomino Savannah, sento una voce familiare ai piedi delle scale.

«Grazie, Sarah. Lo assaggerò, lo prometto.»

Balzo in piedi. «Savannah?»

Tracy si sistema i capelli dietro le orecchie. «Devi proprio essere una medium, Gem» dice, mentre sentiamo i suoi passi sulle scale. «Sei in grado di evocare i demoni» conclude quando Savannah entra in camera.

È ancora vestita come il mostro della laguna nera. Ci guarda con occhi spaventosi, cerchiati di viola e nero. Collassa sul mio letto. «Mi sono vestita da emo tutto il fine settimana e non mi ha neanche chiamata» protesta risentita.

Tracy sembra confusa.

«LJ» le spiego. «Il look emo di Savannah gli è piaciuto un sacco.»

«Gli è *piaciuto*?» Tracy è incredula.

Cerco di coprire la sua gaffe. «Sì, perché è il look più sexy, ricordi?» Savannah non deve sapere che il nostro obiettivo era che LJ lo trovasse orribile.

La replica di Savannah è sprezzante. «Ma non abbastanza da chiedermi di uscire.»

Meno male! Quando ho lasciato il Sounds credevo che Savannah avesse ormai conquistato la vetta LJ, ma a quanto pare la sua ammirazione non è andata oltre un sorriso.

Savannah si è abbandonata sul letto come un cadavere. «Non mi ha neppure chiesto il numero di telefono.» Fa una smorfia. «È andato via abbracciato a Bethany.»

Il suo sospiro mi spezza il cuore. Io e Tracy le siamo subito accanto e la abbracciamo.

«Dove sbaglio?» Gli occhi le si riempiono di lacrime.

Savannah è così abituata a stendere ogni ragazzo che vede, che lo shock dev'essere terribile. Si allontana da noi e si mette a camminare nervosamente su e giù. «Cos'ho che non va? Prima Josh sceglie Chelsea e ora LJ va dietro a Bethany Richards!»

Si gira con un'espressione seria negli occhi. «Sono diventata...» fa dei brevi respiri come in preda a un attacco di panico «sono...» deglutisce «brutta?»

Tracy esplode in una risata.

Afferro un cuscino e la colpisco. «Tracy!» Uso il mio tono più intransigente. «È una cosa seria!» la rimprovero.

Capisco perché Tracy sia divertita. Savannah Smith che dice di essere brutta è come Einstein che si lamenta di non capire la matematica. Ma la nostra amica ha il cuore spezzato e non è una cosa di cui ridere.

Savannah si accascia a terra. Ha l'eyeliner che le cola. Si accovaccia come un corvo ferito con il vestito nero stracciato che pende attorno a lei. Non riesco a credere ai miei occhi. Questa tragica vittima d'amore che si affligge disperata sul pavimento della mia camera da letto un tempo era un mostro di disinvoltura e sicurezza.

All'improvviso mi manca la vecchia Savannah.

È ora di ricorrere a qualche azione drastica.

Capitolo 13

Due ore di matematica il lunedì pomeriggio! Che razza di squilibrato ha deciso l'orario delle lezioni? Quando la campanella suona, la mia testa sta affogando nei numeri.

Tracy inizia a chiudere la borsa. «Avete la riunione della webzine, vero?»

Annuisco. «Aspetti Jeff?»

«Sì, e te.» Si lega i capelli. «Intanto mi esercito nei rigori. Poi possiamo prendere l'autobus tutti insieme.» Mi dà un cinque ed esce.

Raccolgo i miei libri e la borsa e mi infilo tra gli studenti che invadono i corridoi, diretti a casa. Risalgo a fatica la marea e, quando raggiungo il quartier generale, sono tutta pesta. Mi sistemo alcune ciocche, sollevata per il fatto che mi sembrano ancora a posto, una volta tanto. Entro.

Mi aspetto di trovarci tutti, dopo che lunedì scorso i miei compagni della webzine del Secondo Anno avevano trascorso qui l'ora buca. Sono sorpresa, quindi, di scoprire che invece c'è solo Sam. Sta scrivendo al suo solito computer.

«Dove sono gli altri?» chiedo. Voglio parlare con Will e sapere se ha qualche notizia in più su Johnny Calvo.

Sam smette di battere. «Stanno saccheggiando il bar» risponde con un sorriso.

Penso che potrei suggerire a Will di scavare negli elenchi delle aziende online per vedere se riusciamo a scoprire un coinvolgimento di Calvo in altre società.

Visto che non gli rispondo, Sam dice: «Stavo scherzando. C'è un incontro d'orientamento in biblioteca». Guarda l'orologio. «Saranno qui a minuti.»

«A te non interessava?»

Sam si appoggia allo schienale della sedia. «Io so già cosa voglio fare.»

«La rockstar?»

«L'avvocato ambientalista.»

Lo guardo, stupita.

Sam sorride. «Abbiamo tutti bisogno di un piano B.»

Davvero? Non riesco a immaginare di fare un lavoro che non sia la giornalista. È il mio piano A e B insieme.

«Te ne sei andata via presto, venerdì?» La domanda buttata lì da Sam mi coglie alla sprovvista. Il concerto è l'ultimo dei miei pensieri, in questo momento.

La porta si spalanca ed entra Will.

Lo sguardo di Sam non mi molla. «Ero preoccupato che fosse stata la nostra musica a farti scappare.»

Will lascia cadere la borsa su un banco. «Doveva incontrare me.» Si siede e, restando in equilibrio sulle gambe posteriori della sedia, mette i piedi sul banco.

Sam farfuglia incredulo: «*Te?*»

Will gli sorride malizioso. «È colpa mia se sono irresistibile?»

Roteo gli occhi, ma non posso rimetterlo al suo posto senza rivelare il nostro scoop.

Sam gli rivolge uno sguardo tagliente: «Credevo che Gemma avesse più buon gusto».

«Evidentemente no.» Will si mette una mano in tasca e ne tira fuori due biglietti azzurri. «Guarda, Gemma. Ho trovato i biglietti per il concerto della prossima settimana.» Li sventola nella mia direzione.

«Fantastico!» Sono eccitata. Lavorando insieme al locale, Will e io dovremmo essere in grado di trovare prove schiaccianti su Johnny Calvo.

Sam si gira verso Will. «Verrai al concerto con Gemma?»

Squadro Sam. «E allora?» È l'ultima persona al mondo da cui mi sarei aspettata una reazione scioccata all'idea che una ragazza di Prima si faccia vedere in giro con uno di Seconda, e devo ammettere che un po' mi ferisce.

Will ride. «Non preoccuparti, Sam. Mi prenderò cura di lei.»

Sam sbuffa irritato. «Molto gentile da parte tua, Will.» Si alza e inizia a chiudere il suo zaino.

«Non ti fermi per la riunione?» chiedo non poco stupita.

Sam non alza lo sguardo. «Perché dovrei? Ho mandato a Cindy il mio articolo di questo numero e siamo già d'accordo sul pezzo per la prossima settimana.»

«Non andartene, Sam.» Cindy irrompe nella stanza come un soffio di vento, circondata da una nuvola di profumo. Barbara entra nella sua scia.

«Devo incontrare una persona» borbotta Sam.

«Questa è una riunione di redazione» lo implora Cindy. «E tu ne sei una parte importante.» Appoggia le dita delicate sul suo braccio. «Rimani» sussurra. «Per favore.» Le sue fusa gutturali sembrano funzionare. Sam mette giù la borsa e si lascia cadere di nuovo sulla sedia.

«Va bene» mormora.

«Gemma.» Will mi fa segno. Mi avvicino e mi bisbiglia in un orecchio. «Tieni la bocca chiusa» mi avverte. «Non rivelare nulla a Cindy dell'articolo.»

«Ma per chi mi hai presa!» Mi procuro una sedia, mentre entrano Phil e Dave.

Alle loro spalle arriva Jeff, con un pallone pigiato nella borsa dei libri.

Cindy si siede sul suo banco e noi avviciniamo le sedie. «Sono felice che siate riusciti a venire tutti.» Fa un sorriso che indugia su Sam. «E mi ha fatto davvero piacere trovare così tanti articoli nella mia casella di posta all'ora di pranzo.» Il suo sguardo si posa su Will. «Eccetto il tuo, naturalmente.» La sua voce da dolce si fa acida. «Non vedevo l'ora di leggere la *favolosa* storia che ci avevi promesso la settimana scorsa.»

Will scrolla le spalle. «Mi dispiace, Cindina. Ci sto ancora lavorando.» Fa un cenno con la testa nella mia direzione. «Io e Gemma dobbiamo fare altre ricerche. Non presenterò fatti che non siano stati debitamente controllati.»

Io e Gemma. Mi sto surriscaldando per l'emozione. Contribuirò a qualcosa di utile per la webzine! Era ora.

Cindy stringe gli occhi. «Allora, che cosa ci proponi, invece, per l'edizione di questa settimana, William?»

«Ho un pezzo di riserva sui tassi di incidenti

durante le gite scolastiche.» Si gratta il naso. «Lo recupero e te lo spedisco appena arrivo a casa.»

Cindy è dubbiosa, come una maestra di scuola elementare. «È un peccato che tu e Gemma non siate riusciti a concludere di più.»

Will sostiene il suo sguardo. «Abbiamo concluso un sacco, invece.»

«Ci scommetto» mormora Sam.

«Ma non si può mettere fretta a un buon articolo.» Will si riappoggia allo schienale della sedia. «Non preoccuparti, sarà valsa la pena aspettare, vedrai.»

Cindy fa una smorfia tale che ho paura che le si sbavi il rossetto.

Barbara alza la mano. «Vi racconto del mio nuovo pezzo?»

Questa settimana non mi importa con che spazzatura strappalacrime verrà fuori. *Sto lavorando su qualcosa di importante,* penso.

Barbara sorride e annuncia: «AIUTARE NEI LAVORI DOMESTICI: DIECI REGOLE PER UNA VITA DI FAMIGLIA ARMONIOSA».

«Il bucato per i bacati?» la prende in giro Will.

«Smettila, Will.» Sam lo guarda accigliato. «Alcuni di noi danno una mano, in casa. Non siamo tutti ossessionati solo da noi stessi.»

Mi giro sulla sedia, sorpresa. Sam di solito è quello che cerca di mantenere la pace. Non è da lui mettersi a sparare sui compagni.

Cindy fa gli occhi languidi in direzione di Sam. «Grazie, Sam» gli dice riconoscente. «È bello sentire che qualcuno sostiene i suoi colleghi, invece di criticare e basta.» Ci guarda in faccia a uno a uno. «Qualcun altro vuole dire la sua?»

Dave alza la mano. «Phil e io abbiamo recensito alcune marche di auricolari.»

Cindy inclina la testa di lato. «Interessante.»

«Abbiamo una classifica dei cinque modelli migliori da un punto di vista del rapporto qualità prezzo» si inserisce Phil entusiasta.

«Sembra ottimo.»

Poi Cindy si rivolge a Jeff. «Sei riuscito a coprire gli eventi più importanti?»

Jeff annuisce. «Sì, ho il resoconto delle partite femminili del Secondo Anno e di quelle maschili del Primo.»

«Molto bene» dice Cindy distratta, guardando Sam con aria trasognata.

Jeff mi lancia un'occhiata e solleva le sopracciglia: è il suo segnale in codice per dirmi: *Che cosa le prende?* Io gli sorrido e con la testa indico in direzione di Sam... il mio segnale in codice per: *Soffre di una forma incurabile di Samite.*

Senza distogliere lo sguardo da Sam, Cindy sbatte languida le ciglia (ho sempre creduto che lo facessero solo nei romanzi rosa). «Il concerto è stato fantastico, Sam!»

C'era anche lei? Non so perché ne sia sorpresa. Sam le ha probabilmente regalato dei biglietti. Non l'avevo notata, con tutta quella gente. Ero troppo occupata a stare dietro a Savannah e Johnny Calvo.

Cindy continua: «Sei stato carino a far fare a Gemma un giro nel backstage». La sua bocca sorride. Gli occhi no.

Ci ha visti? Sono strabiliata che mi abbia riconosciuta, senza la divisa scolastica.

«Sì, be'» Sam si fissa le scarpe «cercavo solo di essere gentile.»

Will si tira su a sedere. «Magari puoi farle fare

un altro giro anche questa settimana?» suggerisce. «Potrei venire anch'io. Mi ha sempre interessato quello che accade dietro le quinte dei concerti.»

Mi mordicchio nervosamente una ciocca di capelli. Sam si insospettirà, se dichiariamo entrambi una fissazione per il backstage.

«Impossibile» dice Sam a Will. «Portare più di un estraneo per volta dietro le quinte creerebbe un problema per la sicurezza.»

Cindy si sporge in avanti. «Forse potrei essere *io* la fortunata che farà un giro nel backstage questa settimana?»

«Forse.» Sam si alza in piedi. «Devo andare, ora.» Si butta lo zaino sulla spalla. «A proposito, il mio pezzo è su quanto sia difficile, per una band esordiente, entrare nel circuito dei big.» Dà uno strattone alla porta. «Forse avrei dovuto concentrarmi sulle fan dei backstage.» Prima che possiamo salutarlo, è già fuori.

Immagino stesse scherzando. Deve essere infastidito dal fatto che tutti vogliano vedere il suo camerino. Vorrei potergli spiegare che è per l'articolo, ma lo scoprirà presto, per fortuna.

«Possiamo andare anche noi?» Phil e Dave si alzano.

Will tira su la borsa e se la appoggia sulle gambe. «Sì, è meglio.»

Cindy non si oppone. Immagino che abbia perso interesse, ora che Sam se n'è andato.

«Vieni?» Jeff è sulla porta. «Tracy ci aspetta.»

Cindy alza una mano. «Gemma?» Mi chiama con un tono insolitamente gentile. «Ti fermeresti un momento? Ti vorrei parlare.»

Sospetto che stia tramando qualcosa. Ma cosa? «Andate senza di me» dico a Jeff. «Prenderò l'autobus dopo.»

«Sei sicura?» chiede lui.

«Sì» gli rispondo.

Mentre Jeff segue Phil e Dave in corridoio, Will è già praticamente arrivato in fondo alle scale.

Barbara indugia sulla porta.

«Non ci metterò molto» le dice Cindy.

Barbara annuisce. «Ti aspetto all'uscita.»

Mi domando per la prima volta se Cindy l'abbia messa al corrente del mio ruolo segreto come Jessica Jupiter. Sono vicine quanto due gemelle e

Barbara sembra il tipo di amica a cui puoi confidare un segreto.

«Va tutto bene, Gemma?» chiede Cindy con tono premuroso.

«Certo» le dico. «Dimmi pure.»

Quando i passi di Barbara risuonano nel corridoio, mi aspetto che Cindy getti la maschera da Fata Confetto. Ma non è così.

«Volevo solo chiederti come vanno le cose» dice. Divento sempre più sospettosa: Cindy non è *mai* cortese con me. «Oggi ho controllato l'indirizzo mail di Jessica. Sembra che stia ancora ricevendo un sacco di posta dai fan, quindi dovresti occupartene con più regolarità.» Guarda fuori dalla finestra.

«Va bene» concordo. «Darò subito un'occhiata e scriverò qualche risposta.»

«Fantastico.»

Qualcosa nel tono di Cindy mi dice che non ha finito. «Allora» riprende infatti a dire «come ti trovi a lavorare con Will?»

«Non è spaventoso quanto pensavo.»

«Può essere un po' arrogante» sospira. «L'idea

di mettervi insieme mi preoccupava un pochino.»

Non ne sono convinta. «Davvero?»

Ignora la mia domanda. «È una buona storia?»

«Fantastica.» So che sta cercando di ottenere informazioni, ma non sono stupida quanto pensa.

«È di attualità?»

«Immagino di sì.» Sono contenta di riuscire a mantenermi sul vago.

«Ha a che fare con la scuola?»

«Non esattamente» mormoro, anche se sospetto che, se è vero che Calvo spaccia droga fuori dal suo locale, è possibile che alcuni degli studenti della Green Park la comprino.

Cindy continua a tastare il terreno. «Quindi è più una notizia di cronaca locale?»

Decido per una manovra evasiva: «Lo vedrai a breve... Scusa, ora è meglio che guardi la mia posta, perché poi devo correre da mio fratello e ho ancora un sacco di compiti da fare». Mentre finisco di parlare, accendo uno dei computer.

Cindy non discute. Con la coda dell'occhio la guardo abbottonarsi il cappotto. Perché non mi fa il terzo grado? Conversare con Cindy di solito implica schivare i suoi proiettili. Ma eccoci qui, niente armatura e ancora non ho preso neanche un colpo.

Ha bisogno di me!

All'improvviso ho capito. Jessica Jupiter è la sola giornalista della webzine che riceva mail e io sono la sola Jessica che ha.

Cindy va verso la porta. «Ci vediamo mercoledì, Gemma.»

«Ciao.» La saluto mentre esce, poi inserisco il mio username, con il cuore che mi batte dall'emozione. Non sono più solo una di Prima su cui possa scaricare i suoi problemi.

La marea sta salendo e la mia carriera spiaggiata si sta finalmente sollevando dal fondo.

Capitolo 14

Cara signorina Jupiter,
adoro i suoi oroscopi, ma sono molto preoccupata. La settimana scorsa mi ha predetto che un gatto mi avrebbe colta di sorpresa.

(Il gatto dei vicini aveva fatto cadere il coperchio del bidone della spazzatura mentre scrivevo l'oroscopo dell'Acquario. Quando ho smesso di tremare per lo spavento a causa dell'improvviso frastuono fuori dalla finestra, ho usato l'incidente come "ispirazione".)

Io ho il terrore dei gatti e ora ho una paura folle che si nascondano ovunque vada. La

prego di dirmi il luogo e il momento esatto in cui sarò attaccata, così potrò evitarli.
Cordiali saluti,
Rachel Spalding

Povera Rachel!

Le scrivo velocemente una risposta.

Stellina, non preoccuparti. Il pericolo è passato. Se il gatto non ti ha ancora colta di sorpresa, sei al sicuro. Sei libera di andare in giro dove ti pare, come Titti quando Silvestro è dal veterinario.
E, consultando la mappa stellare, posso dire che non ci sono felini nel tuo futuro.
Baci,
Jessica

Apro la mail seguente.

Jessica,
sono un ragazzo, quindi non leggo l'oroscopo, ma la settimana scorsa hai detto allo

Scorpione di truccarsi di meno.

(Cindy è dello Scorpione. Ho già detto tutto.)

Se leggessi l'oroscopo, sarebbe un consiglio stupido, a meno che non fossi una specie di emo (cosa che non sono), quindi ti prego di scrivere degli oroscopi meno da femmine, nel caso i ragazzi decidessero di leggerli (cosa che non faranno).
Grazie!
Anonimo
jezevans145@hotmail.com

È ovvio che Jez Evans non è esattamente un ingegnere aerospaziale, ma ha ragione. Mi faccio un appunto mentale di non lasciare che i miei oroscopi siano troppo personali, in futuro. Non voglio ignorare metà dei miei lettori.

Caro Anonimo,
sono stata davvero irriguardosa.
Perdonami.

D'ora in poi ti garantisco che darò consigli ai ragazzi (e agli emo) quanto alle nostre lettrici più graziose, anche se non li leggerai mai.
Con affetto,
Jessica

La prossima mail viene da una lettrice che si fa chiamare piccolafiammiferaia. Inizio a leggere, chiedendomi quali stupidaggini vi troverò questa volta.

Cara Jessica,
grazie mille per i tuoi meravigliosi oroscopi. In passato mi hanno davvero aiutata. Spero solo che potrai aiutarmi anche adesso. Sono innamorata di un ragazzo che si chiama LJ.

(*Mettiti in fila,* penso.)

L'ho visto a un concerto, venerdì, e lui è stato molto carino con me; ma, alla fine della serata, è andato a casa con un'altra e da allora non mi ha più parlato.

Ho il cuore a pezzi.

Ti prego di dirmi se siamo compatibili o se il mio amore è condannato fin da subito. Lui è un Toro e io sono dei Pesci. Sono sicura che siamo destinati a stare insieme, ma se le stelle non sono d'accordo, saprò che non c'è speranza.

Tua disperata,

piccolafiammiferaia

Oh no! Questa non è una delle tante che hanno perso la testa per LJ. La mail deve essere di Savannah! In preda all'ansia, mi appoggio allo schienale della sedia. Ho sbagliato a interferire? Forse non avrei dovuto farla vestire da emo. LJ avrebbe potuto accompagnare a casa lei, invece di Bethany. E Savannah sarebbe felice, invece di avere il cuore a pezzi.

Inizio a scrivere, rosa dal senso di colpa.

Sistemerò le cose!

Cara piccolafiammiferaia,

ho notizie fantastiche! Pesci e Toro sono fatti

l'uno per l'altra. Insegui il tuo amore. È un ragazzo fortunato. Non lasciare che nulla si metta tra di voi, la vostra è un'unione scritta nelle stelle!

Teneramente tua,

Jessica

Clicco INVIO e giuro che non renderò mai più infelice la vita amorosa di Savannah. D'ora in poi sarò sempre positiva e sosterrò i suoi sogni romantici. Non sta a me decidere che cosa sia meglio per lei.

Fuori si è fatto buio. I lampioni si stanno accendendo.

È meglio che vada a casa, prima che la mamma inizi a preoccuparsi.

Spengo il computer e mi infilo la giacca. Ho la borsa pesante. La isso sulla spalla e spengo la luce del magazzino.

Mi avvio verso le scale, i miei passi che rimbombano per il corridoio. Le luci delle aule sono accese. Mi precipito giù dai gradini con le scarpe che ticchettano.

L'uscita di emergenza è tenuta aperta da un

pesante aspirapolvere. Gli addetti alle pulizie passano da qui per arrivare ai bidoni. Sgattaiolo di lì anch'io, così taglio. Cammino lungo il muro esterno della palestra per uscire poi dal cancello posteriore che sbuca vicino alla fermata.

Vengo colpita da una raffica di vento freddo. Tiro su fino al mento la cerniera della giacca e proseguo. Quando giro l'angolo della palestra, sento delle voci.

Alcuni ragazzi stanno ridendo e scherzando. Non vedo chi sono, ma la mia curiosità di giornalista prende il sopravvento e rallento il passo per sentire.

«Ma no!»

Riconosco l'accento americano.

«Allora perché hai passato tutto il venerdì sera a flirtare con lei?» lo incalza una voce beffarda.

Sbircio dietro l'angolo. LJ chiacchiera con due compagni: Mark Eagles e Harry Cosenza.

«Per divertimento, nient'altro.» È appoggiato al muro, un ginocchio piegato, il piede sulla sporgenza della parete. «È commovente il suo modo di seguirmi ovunque.»

«Ha un gran fisico» commenta Harry. «E si veste persino da emo.»

Stanno parlando di Savannah!

«Io le chiederei di uscire» aggiunge Mark.

«Ma chi è che uscirebbe con una di Prima? Probabilmente la mamma le dice ancora quando andare a letto!» ribatte LJ con tono sprezzante.

Resisto alla tentazione di andare a dirgliene quattro.

«Secondo me ti piace» lo prende in giro Harry. «Solo che non vuoi ammetterlo.»

«Oh, per favore!» LJ fa una smorfia. «Sono un modello, non un baby-sitter. Perché dovrei preoccuparmi di una ragazzina, quando posso avere tutte le *donne* che voglio?»

La rabbia mi invade come lava che cola. Faccio un passo indietro, chiudendo le mani a pugno. Vorrei colpire quell'arrogante dritto sul naso.

Poi ricordo la mail di Jessica.

Oh no!

Ho incoraggiato Savannah a continuare a provarci con LJ, perché pensavo che questo l'avrebbe resa felice. Ora ne uscirà ancora più distrutta.

Incurvando le spalle, passo di corsa accanto a LJ e ai suoi stupidi amici. Lo sguardo fisso a terra, sprofondo le mani nelle tasche e giuro di lavorare doppiamente duro per fare in modo che Savannah la smetta di fare gli occhi dolci a LJ.

Capitolo 15

«Non riesco ancora a crederci!» Mentre la professoressa Dalton percorre il corridoio dell'aula di letteratura inglese, lasciando cadere copie di *Romeo e Giulietta* su ogni banco, Savannah si stringe lo smartphone sul cuore. «La nostra unione è scritta nelle stelle!» Mi mostra per l'ennesima volta la mail di Jessica. «Le stelle sono dalla nostra parte. Lo sapevo che Jessica avrebbe capito tutto riguardo a LJ!»

Sono avvilita. I commenti pungenti di LJ mi risuonano ancora nelle orecchie. La povera Savannah non ha idea del fatto che la sua cotta lo diverta, e io ho peggiorato la situazione con il mio *stupido* consiglio.

La professoressa Dalton si ferma davanti al nostro banco. «Sono felice di sapere che le stelle non ti sono avverse, Savannah.» Inarca un sopracciglio. «Forse, allora, ti andrà di leggere la parte di Giulietta.»

«Oh no, prof.» Savannah si porta le mani alla gola. «Credo che mi stia venendo qualcosa.»

«Ha un brutto caso di febbre americana» mi sussurra Tracy in un orecchio.

La professoressa Dalton inarca scettica l'altro sopracciglio. È una maestra nelle espressioni facciali. Deve essere stata un mimo, in una vita precedente. «Se è così, curati, cara.» Torna alla cattedra. «Marcus?»

Marcus tira su la testa di scatto.

«Hai fatto un ottimo lavoro per la presentazione su San Valentino, con la poesia d'amore di Byron. Ora verresti a leggere la parte di Romeo, per favore?»

Dal suo banco, Bilal scoppia a ridere. «Ehi, Romeo. È ora di dare una svolta al tuo amore.» Si sbraccia puntando le dita della mano a mo' di pistola, come i rapper americani.

La professoressa Dalton lo mette in riga con un'occhiata. «Tu guardi troppa MTV!»

«L'ha detto, prof.» Bilal fa un gran sorriso.

Marcus si alza in piedi e si avvia come un condannato verso la cattedra.

Dal fondo dell'aula, Ryan lo prende in giro. «*Oh Romeo, Romeo, perché sei tu, Romeo?*»

Chelsea si gira e lo guarda da sopra una spalla. «Gliel'ha chiesto la prof, idiota.»

La Dalton fa un sospiro e consegna a Marcus una copia della tragedia. «Pagina 68» gli dice.

Mentre Marcus armeggia con il libro, l'insegnante ne prende un'altra copia. «E chi sarà la nostra Giulietta?»

Savannah mi prende una mano e me la solleva come un arbitro di pugilato che dichiara il vincitore. «A Gem piacerebbe molto!»

Tiro via la mano bruscamente, rossa in volto come se avessi la scarlattina. «No, non è vero!»

La professoressa Dalton mi sorride. «Sarebbe un bell'esercizio per te» mi incoraggia. «Se riesci ad affrontare trenta studenti di Prima, potrai affrontare qualunque cosa.»

Lancio un'occhiataccia a Savannah, ma lei si limita a sorridermi con dolcezza e a sussurrare: «Potrebbe essere la tua occasione per prendere Marcus all'amo».

Oh, mio Dio! Pensa ancora che abbia una cotta per lui!

«Ti ho già detto che non mi piace!» borbotto tra i denti.

«Lo so che è quello che hai *detto*, ma...»

La Dalton interrompe la nostra discussione bisbigliata. «Vieni, Gemma.»

Mi alzo e metto un piede davanti all'altro senza rendermene conto fino a che non raggiungo Marcus accanto alla cattedra.

Non lo guardo neppure. Prendo il libro dalle mani della prof e lo sfoglio alla ricerca della pagina.

«Inizia dalla prima riga» mi ordina la professoressa, e io obbedisco.

«*Se mi ami, dimmelo francamente. Se pensi che troppo presto ho ceduto*» leggo i versi di Giulietta come fossi un automa «*aggrotterò le ciglia, sarò spietata e ti dirò di no, perché tu sia costretto a supplicarmi: altrimenti non te lo direi mai, per nulla al mondo. È vero, bel Montecchi, io sono troppo innamorata di te...»*

Troppo innamorata? È peggio di quanto immaginassi.

Ho appena detto "sono troppo innamorata di te" ad alta voce.

In pubblico.

Tengo gli occhi sul testo e continuo.

«...e tu potresti per questo considerarmi leggera. Ma tu credimi, signore: io ti sarò fedele più di tante più esperte di me nell'arte di farsi ritrose...»

La Dalton mi interrompe. «Cerca di metterci un po' più di passione» suggerisce. «Dopotutto, Giulietta è *sopraffatta* dall'amore.»

Non corro il pericolo di arrossire. Il sangue mi si è ritirato tutto nella punta dei piedi.

Quando mi butto sui versi seguenti, mi sento pallida come la luna.

«E più ritrosa avrei potuto mostrarmi anch'io, lo confesso, se tu non avessi sorpreso, prima che io me ne potessi accorgere, la mia ardente confessione d'amore.»

Lancio un'occhiata di nascosto a Marcus.

Qualcuno gli ha staccato la testa e al suo posto ci ha infilato un peperone. Il suo sguardo agonizzante cerca il mio.

Oh no!

Il cuore mi scende nelle scarpe.

C'è un'espressione di scuse nei suoi occhi.

È dispiaciuto per me!

Marcus pensa che io provi ogni singola parola del testo!

Lo ignoro.

Il resto della classe ridacchia e bisbiglia.

Mi concentro sui versi seguenti.

«E dunque perdona al mio amore e non ritenerlo leggero, per questo mio abbandono che si è rivelato nell'oscurità della notte.»

Sono riuscita ad arrivare alla fine della mia battuta e rimango aggrappata al libro, mentre Marcus si schiarisce la voce e inizia a leggere la sua parte.

«Fanciulla, per quella sacra luna lassù, che veste d'argento le cime degli alberi di questo giardino, io ti giuro...»

Tocca a me.

«Oh, non giurare per la luna, la incostante luna

che tramuta ogni mese nel suo corso. Non sia mai altrettanto mutevole il tuo amore...»

Bilal alza la mano. «Qualcuno mi dice di cosa stanno parlando?»

La professoressa Dalton si fa avanti. «Ottima domanda, Bilal.» Passa in rassegna la classe. «Chi glielo sa spiegare?»

Un mormorio spaesato attraversa la classe.

Tracy alza la mano. «Che non ci si può fidare della luna?»

Ryan ride. «Forse sono lupi mannari.»

«O vampiri» dice Sally. «Dai, Romeo» grida a Marcus «affonda i denti nel collo di Gemma. Potrebbe rendere la cosa un po' più interessante.»

Marcus, di fianco a me, è a disagio.

Io sono morta da almeno quattro minuti, quindi non mi interessa più.

«Di che cosa pensi che stiano parlando, Gemma?»

La domanda della prof mi coglie di sorpresa. Lancio un'occhiata ai versi, sollevata all'idea di impegnare la mente in qualcosa che non sia la mia morte per umiliazione.

«Immagino che Giulietta stia chiedendo a Romeo di dirle che la ama, ma è preoccupata di averlo scoraggiato, essendo stata troppo onesta riguardo ai propri sentimenti. Si chiede se avrebbe dovuto fare più giochetti con lui, prima di dirgli ciò che provava, ma non ne ha avuto il tempo, perché quando lei ha detto che lo amava, pensava che nessuno la stesse ascoltando...»

La mia disordinata spiegazione arriva a un punto morto.

Bilal salta su. «È un po' come se avesse dichiarato il suo amore per sbaglio su Facebook.»

La classe scoppia in una risata fragorosa.

«E adesso spera che si dichiari anche lui» puntualizza Chelsea.

«Su, su, ragazzi.» La professoressa Dalton mette un freno alle risate. Sembra stupita ma anche compiaciuta per l'improvviso entusiasmo. «Avete afferrato il punto, abbassate la voce, però. Le altre classi stanno facendo lezione.»

Marcus mi fissa come una celebrità che affronta il suo stalker.

«Magari, se Giulietta non avesse starnazzato

come un pappagallino malato d'amore, Romeo, alla fine, non sarebbe morto» propone Chelsea.

La professoressa Dalton cammina avanti e indietro, gli occhi luminosi. «E sarebbe stato un finale migliore?»

«Per Romeo sì» esclama Ryan.

«Ma è per Romeo che Shakespeare ha scritto la tragedia?» incalza la Dalton.

Consegno il libro alla prof e torno al banco.

«Grazie, Gemma.» La prof si lancia nella sua analisi e per fortuna mi lascia andare.

Sprofondo nella mia sedia.

Marcus fa lo stesso.

Savannah mi sussurra in un orecchio: «Dovresti proprio farti avanti, Gemma». Fa un cenno del capo in direzione di Marcus. «Hai sentito come leggeva la parte di Romeo? Scommetto che è un vero romanticone.»

«Non sono interessata a lui!» mormoro stizzita.

«Allora perché sei arrossita tanto?» Savannah mi guarda con due occhioni grandi grandi e io, in fondo al mio cuore, vorrei avere tra le mani un fucile da caccia.

«Marcus è dolcissimo» sospira Savannah.

La mia frustrazione cala quando sento una nota di malinconia nella sua voce. Forse c'è ancora qualche speranza di farla concentrare su di lui. È evidente che lo considera AB, cioè "Assolutamente Baciabile".

Schizza un cuore da innamorata sul suo blocco e mormora: «Scommetto che è dolce anche LJ, una volta che lo conosci bene».

La mia scintilla di speranza scoppietta e muore.

«Sentire Romeo e Giulietta così innamorati mi ha ispirata...» annuncia Savannah che ora sta abbellendo il suo cuore con tanti minicuoricini. «Durante l'intervallo andrò a dire a LJ cosa provo. Magari è come Romeo, e per impegnarsi ha solo bisogno che sia io la prima a farmi avanti.»

"*È commovente il suo modo di seguirmi ovunque...*" Le parole di scherno di LJ mi rimbombano ancora nella testa.

«No!» esclamo senza fiato.

«Oh, non preoccuparti» mi rassicura lei. «Non glielo dirò in faccia.» Alza il blocco e mi mostra un foglietto ripiegato. «Gli ho scritto un bigliettino.»

«Savannah Smith!» chiama la professoressa Dalton dalla cattedra. «Stiamo cercando di mettere in piedi una discussione, e tu è tutta l'ora che parli!»

«Però durante la scena del balcone sono stata zitta!» obietta Savannah.

La professoressa Dalton la guarda severa. «Non è abbastanza. Durante l'intervallo rimarrai in classe per una lettura extra.»

«Oh no, prof!» Savannah si accascia sulla sedia, frustrata.

Le do un affettuoso pizzicotto sul braccio per tirarla su di morale, lei però mi butta il biglietto sulle gambe. «Daglielo tu.»

Tengo un occhio sulla professoressa Dalton che ha ripreso a leggere ad alta voce: «*Eppure non mi dà gioia questo incontro di stanotte avventato inatteso e subitaneo*».

«Io? Sei impazzita?» Glielo rendo, coperta dal banco.

«Per favore!» mi implora Savannah. «Devi solo farlo scivolare nel suo armadietto.»

La professoressa Dalton alza la testa dal libro.

Ho paura che Sav finirà ancora più nei guai per aver parlato.

Le strappo il biglietto di mano. «E va bene» borbotto a denti stretti. «Lo farò.»

Capitolo 16

«Vieni con me?» Mentre mi lascio trascinare fuori dall'aula dalla fiumana di studenti che escono, mi getto un'occhiata alle spalle.

«Ho promesso a Jeff che ci saremmo visti subito dopo la scuola» dice Tracy.

Il biglietto di Savannah mi brucia tra le dita. «Non può aspettare?» Vorrei tanto raccontarle quanto ho sentito dire a LJ su Savannah ieri sera. E poi dobbiamo decidere che cosa fare del biglietto.

Tracy, però, è assorbita nei suoi pensieri. «Questo pomeriggio ha i provini per la squadra provinciale e gli ho promesso di aiutarlo ad allenarsi nei contrasti.»

Sembra che dovrò cavarmela da sola. «Okay»

le concedo. Non c'è bisogno di far sentire Tracy in colpa. La saluto e mi dirigo verso gli armadietti.

Non so, ma dopo aver origliato la conversazione di LJ con i suoi amici, so che non gli consegnerò questo bigliettino che, ne sono certa, sarà pieno di sdolcinate sciocchezze. Mi si stringe il cuore nell'immaginare LJ che si prende gioco con Mark e Harry di quello che lei gli ha scritto. Povera Savannah.

Potrei perdere il foglio... O potrei dire a Savannah che qualcuno me l'ha fatto cadere di mano *per sbaglio* e che è volato fuori dalla finestra.

Ma so che sarebbe disperata al pensiero che i suoi desideri più intimi svolazzano per il cortile.

Un lampo di genio mi trafigge come un fulmine.

Potrei usare il biglietto per farla avvicinare a Marcus!

La mia idea è così brillante che potrebbe vincere un premio. Se lo faccio scivolare nell'armadietto di Marcus, invece che in quello di LJ, Marcus penserà che Savannah abbia una cotta per lui e potrebbe chiederle di uscire di nuovo.

È la soluzione perfetta.

L'armadietto di Marcus è il numero 318. Lo so perché è due numeri dopo quello di Tracy. In giro comincia a esserci poca gente. Attraverso il corridoio e seguo la fila di sportelli di metallo fino a che non raggiungo i trecento.

315, 316, 317...

Infilo il biglietto nella presa d'aria del 318 e sorrido soddisfatta tra me e me.

«Che cosa fai?»

Rabbrividisco al suono della voce di Marcus alle mie spalle.

Oh no! Dio esiste, e mi odia.

Mi giro e farfuglio: «Oh, Marcus, ciao. Che ci fai qui? Pensavo che il tuo armadietto fosse laggiù». Indico disperata il fondo del corridoio.

«Lo sai che è vicino a quello di Tracy!» Marcus apre lo sportello guardandomi come fossi pazza.

Quando il biglietto di Savannah scivola fuori fluttuando dolcemente verso il pavimento, mi blocco inorridita.

Marcus si china a raccoglierlo, con un'espressione stupita in volto. «L'hai scritto tu?»

Apre il biglietto e lo legge.

Indietreggio con un nodo nello stomaco, mentre osservo Marcus diventare paonazzo.

Alza lo sguardo su di me, sventolando il biglietto, disarmato. Sembra uno zombie: la sua bocca si muove ma non ne esce alcun suono.

Che cosa diavolo avrà scritto Savannah?

Oddio, l'avrà firmato?

«Non l'ho scritto io!» esclamo senza fiato. «Qualcuno mi ha chiesto di consegnartelo.» Continuo a indietreggiare, ma vorrei girarmi e correre via.

«Ascolta, Gem, mi dispiace.» Gli occhi di Marcus brillano di compassione. «Pensavo che ne avessimo già parlato. Sono lusingato. *Davvero*. Sei carina, ma io non provo le stesse cose.»

«Non l'ho scritto io» sto praticamente urlando. «Devi credermi.»

Marcus si avvicina e mi allunga il foglio. «Non posso tenerlo.» Me lo mette in mano. «Mi spiace. Sono commosso, ma non posso.»

Il mio sguardo corre da una parte all'altra del corridoio. Cerco di evitare i suoi occhi.

Con un senso di sollievo, vedo Sam venire dalla nostra parte.

«Sam! Ciao!»

Gli do il benvenuto come a un amico che non vedo da tempo. «Dove stai andando?»

Magari posso andare con lui: qualunque cosa, pur di tirarmi fuori da questa situazione penosa.

Sam rallenta. «Sto andando in aula.»

«Passi dai distributori automatici? Potremmo prenderci una Coca o qualcos'altro...»

Salvami!

Sam mi guarda come se fossi pazza. «No. Mi dispiace, non ci sono distributori lì vicino.»

«Magari ci mangiamo un KitKat?» Il tono è di supplica, ormai. Coglierà l'allusione? In fondo è Mister Gentilezza, lui.... ma la sua espressione si fa sempre più sconcertata.

«Mi spiace, Gemma» prosegue per la sua strada «devo andare in classe.»

Marcus scrolla le spalle come per scusarsi, poi si dirige verso la palestra.

Io rimango sola accanto agli armadietti, disorientata.

Apro il biglietto e lo leggo.
Non c'è firma. Solo due parole terribili.
"TI AMO."

Capitolo 17

Quando l'orologio della cucina segna le otto, mi infilo la giacca e mi guardo nello specchio appeso nell'ingresso.

Dovrei mettermi un sacchetto di carta in testa, come fanno con gli uccelli per mantenerli calmi... Non si dice che se copri la testa a un uccello, lui pensa che il mondo sparisca?

Dovrebbe funzionare, con un cervello da gallina come il mio.

TI AMO.

Quelle due parole non fanno che rimbombarmi nella testa. Giuro di non interferire mai più nella vita amorosa di nessuno.

«Ciao, mamma» grido uscendo dalla porta,

poi trascino pesantemente i piedi fino alla fermata dell'autobus.

Per fortuna era Marcus, penso.

Se chiunque altro avesse avuto una prova così incriminante contro di me, l'avrebbe già postata su Facebook. Lo stato di Marcus, invece, dice semplicemente: "Fuori in kayak". Forse è il suo modo di dire: "Mi sto nascondendo dalla mia stalker".

L'autobus si avvicina appena arrivo alla fermata. Tiro fuori il pollice per fermarlo e intanto i miei pensieri corrono alla riunione della webzine dell'ora di pranzo.

«Ehi, Gem!» mi chiama Tracy mentre salgo a bordo e vado a sedermi accanto a lei. «Ho avuto un'idea! E se facessi scivolare anch'io un biglietto nell'armadietto di Marcus?» suggerisce. Sa già del disastro che ho combinato ieri.

«E questo, scusa, in che modo mi aiuterebbe?» Stringo al petto la borsa. «Penserebbe che sia stata io a chiedertelo e otterrei un ordine restrittivo.»

I suoi occhi brillano maliziosi. «Non se lo firmo: "da Chelsea".»

«E se chiedesse spiegazioni a Chelsea?» obietto. «O ti becca mentre lo recapiti come è successo a me? Che cosa direbbe Jeff?» Non voglio più casini. Voglio solo che Savannah e Marcus leggano i miei oroscopi e si innamorino.

È un piano semplice, no?

Ma allora, perché continua ad andare sempre tutto storto?

Passo la mattina seduta a fissare rapita il mio astuccio, o a sgusciare dentro e fuori dalle aule usando Tracy come scudo umano.

L'unica volta che incappo in Marcus lui mi fa un sorriso comprensivo, poi abbassa lo sguardo.

«Che c'è, Gem?» Mentre entriamo in sala mensa, Savannah prende me e Tracy a braccetto. «Stamattina non hai aperto bocca.»

«Sono solo stanca.» Non posso dirle di aver consegnato il biglietto a Marcus invece che a LJ.

«Ma oggi esce la webzine!» mi ricorda. «Di solito il giorno dell'uscita non stai zitta un attimo.»

Tracy mette in atto un diversivo. «Hai già letto il nuovo numero, Sav?»

«Naturalmente!»

La guardo stupita. «*Tutto*?»

«Be', diciamo che ho guardato l'oroscopo» confessa.

Improvviso un'espressione innocente. «Allora, che cosa dice Jessica questa settimana?» le chiedo perché voglio sapere se il mio consiglio ha colpito nel segno.

«Credo che sia preoccupata per la mia linea.» Si guarda la pancia. «Pensate che stia ingrassando?»

Tracy fissa l'addome scavato di Savannah. «Ma no, cosa dici.»

«Forse è questa la ragione per cui LJ non ha ancora risposto al mio biglietto» sospira.

Tracy scrolla le spalle. «Magari non l'ha visto.» Cerca il mio sguardo.

«Quegli armadietti sono grandi. Potrebbe essere finito dietro la sua attrezzatura sportiva...»

Savannah non ne è convinta. «Hai visto le ragazze americane alla TV?» Gonfia le guance. «In confronto a loro sono una balena.»

Tracy sgonfia le guance di Savannah con due dita. «Non essere sciocca.»

«Perché mai altrimenti LJ mi avrebbe detto di

non mischiare carboidrati e proteine?» Savannah aggrotta la fronte. «E adesso anche Jessica mi consiglia di lasciar perdere il cheesecake.»

«Sei sicura che Jessica stesse parlando proprio di cibo?» le chiedo.

«Che cosa diceva *esattamente* l'oroscopo?» chiede Tracy, come se non lo sapesse.

«*Stai lontano dal cheesecake e mangia prodotti locali...*»

«Sei sicura che intendesse cheesecake *in senso letterale*?» insiste Tracy.

Prima che Savannah possa rispondere, raggiungiamo il nostro tavolo preferito in mensa. Sally e Ryan sono già lì. Quando vedo Marcus seduto accanto a loro, il cuore mi scende nelle scarpe. Savannah tira indietro una sedia vicino a lui e mi fa segno di sedermi. Ma io mi sto già schiacciando in un angolino dall'altra parte del tavolo e Tracy si siede accanto a me.

Sally sventola sorridente un foglio di carta. «Li ho stampati!»

Savannah afferra l'A4. «Gli oroscopi! Allora, cosa dice il tuo?»

«Non parlare a bocca piena, finiresti per sputacchiare in giro le briciole.... Jessica sembra avere una fissa con il cibo, questa settimana» dice Sally.

O potrebbe alludere al fatto che dovresti essere meno pettegola, penso mentre apro la borsa e tiro fuori una mela.

Savannah, seduta vicino a Marcus, comincia la sua mousse al cioccolato, con Sally che la fissa inorridita. «Credevo che Jessica ti avesse detto di andarci piano, con i dolci.»

«Solo con il cheesecake» obietta Savannah.

«Non scherzare con Jessica.» Sally le lancia un'occhiata ammonitrice. «Non si è mai sbagliata, finora.»

Sav ha un attimo di esitazione e Sally mi ruba la mela dalle mani, indicando tutta agitata il piccolo adesivo con la bandiera del nostro paese. «Non ha detto qualcosa a proposito di prodotti locali?»

Savannah si gira verso di me. «Ti va di fare cambio, Gem?»

È così entusiasta che accetto.

Mi fa un sorriso e mi passa la mousse, mentre Sally fa rotolare la mia mela sul tavolo verso di lei.

Marcus la guarda ruzzolare tra le mani di Savannah.

Come un flash mi balena in testa il suo oroscopo: «*Non preoccuparti della gravità della situazione, affonda i denti e goditi la sua dolcezza.*»

Lo osservo senza fiato, sperando che l'abbia letto. Questo potrebbe essere il segno di cui aveva bisogno per chiedere di nuovo a Savannah di uscire. Quando lei si porta la mela alle labbra, lui arrossisce.

«Ehi, Zona Climatica!»

Savannah trasale mentre LJ si avvicina zigzagando tra i tavoli, con Bethany che gli corre dietro cercando di tenere il passo.

«Ottima scelta alimentare.» LJ lancia un'occhiata alla mela di Savannah. «Ho una zia fruttariana. Ha quasi trent'anni ma ne dimostra a malapena venticinque.» Sfodera il suo sorriso perfetto e procede oltre.

Sally sussurra qualcosa nell'orecchio di Savannah e il volto di quest'ultima si illumina.

«Hai ragione!» Savannah, il volto in fiamme, osserva LJ che si allontana, poi continua: «Ma come faceva Jessica a sapere che una mela avrebbe attirato la sua attenzione? Quella donna è un genio. Vorrei tanto incontrarla!»

Il mio stomaco si contrae.

«Oh, sarebbe fortissimo!» sospira Sally. «Non puoi organizzare qualcosa, Gem?»

«No!» grido, poi noto lo sguardo stupito che passa sul volto di Sally. Cerco di sfoggiare un sorriso dolce... e calmo. «Cioè, vive molto lontano, non è facile.»

«Perché? Dove vive?» chiede subito Savannah.

«Non ne sono sicura.»

«Be', allora come fai a sapere che è molto lontano?» dice Sally.

«Perché... perché ce l'ha detto Cindy.»

Cercando disperatamente di cambiare argomento, afferro la stampata di Sally. «Ehi, Marcus, hai letto il tuo oroscopo?» Non mi lascerò scappare quest'occasione. «*Anche se pensi di non avere più speranze, il pomo della discordia è ancora sull'albero. Rimani nei paraggi e può ancora caderti in grembo.*»

Savannah ha un sussulto. «Al volo!» mi urla lanciandomi la mela. «È tua la mela!» Strizzando gli occhi, cerca chiaramente di dirmi di fare la mia mossa.

Tra le mie mani la mela è come un tizzone ardente. «Tienila tu!» In preda al panico, la lancio a Marcus e mi alzo. «Non ho fame.» Raccolgo la borsa e scappo via.

«Gemma!» Tracy mi rincorre.

«L'ho fatto di nuovo, vero?» Quando mi raggiunge, ho il volto in fiamme.

«È sembrato un po' strano» ammette. «Anche se non sono sicura che, *tecnicamente,* tirare una mela alla persona di cui sei innamorata possa considerarsi una tattica di seduzione.»

«Cosa avrei dovuto fare?» strillo. «Rimanere seduta e mangiarmela davanti a lui?» Mi prendo la testa fra le mani. «Perché Savannah non l'ha mangiata e basta?»

«Stava solo cercando di aiutarti» prova a calmarmi Tracy.

«Lo so... Jessica è un'idiota. Continua a peggiorare le cose, invece che migliorarle! E adesso vogliono persino *incontrarla*!»

Tracy mi abbraccia. «Non preoccuparti» mi

rincuora. «Torno dentro e dico che ti sei accorta di essere in ritardo per la riunione della webzine.»

Guardo l'orologio. In effetti inizia tra cinque minuti. «Grazie, Tracy.»

«Però mangia qualcosa, mi raccomando.» Si gira e rientra in mensa.

Immagino il cibo lasciato lì. Non potrei essere meno affamata. «Okay» le grido, e mi incammino verso il quartier generale della webzine.

«Ciao, Sam.»

È solo quando arrivo. Sta strimpellando la sua chitarra e non alza nemmeno lo sguardo. «Ciao.»

«Sei nervoso per il concerto di venerdì?»

«No.» Continua a non alzare gli occhi.

Mi siedo davanti a un computer, sollevata quando Barbara e Cindy entrano nella stanza rompendo l'innaturale silenzio con le loro chiacchiere. Immagino che nessuno possa essere superamichevole in ogni momento, nemmeno Sam.

«...e adesso Bethany Richards ha preso l'accento americano.» Cindy si butta indietro i capelli. «Sembra la Barbie-Che-Parla.»

«Io la trovo dolce» tuba Barbara.

«A quanto pare non abbastanza per quello sbruffone senza cervello, Lobotomia Jim.»

Cindy si siede a un banco e si guarda attorno. «Ciao, Sam.»

«Ciao.» Le dita di Sam vanno su e giù, gli occhi sempre chini sulle corde.

Quando entrano i gemelli, Cindy sfila un portablocco dalla borsa. E quando, subito dopo, arriva Jeff, seguito a ruota da Will, si lancia nell'analisi *post mortem* della webzine. «Il tuo pezzo sugli incidenti durante le gite è piaciuto, Will. Hai già ricevuto quattro mail. In tutte ti accusano di portare iella.» Sorride. «Non mi ero resa conto che i nostri lettori fossero tanto svegli.»

«Ma chi se ne frega!» Will mostra a tutti un bigliettino giallo di quelli che la scuola utilizza per le comunicazioni interne. «Credo di aver fatto innervosire qualcuno» annuncia sventolando il foglietto di carta. «Sono stato convocato nientemeno che dal preside.»

Barbara scuote la testa. «Sarà preoccupato delle possibili ansie dei genitori.»

Will sbuffa beffardo. «Secondo me ha paura per la sua copertura assicurativa.»

Cindy dà un'occhiata al blocco. «Buona risposta alla prova degli auricolari» dice a Phil e Dave. «Due mail chiedono i nomi dei negozi. Potreste includere una lista nel prossimo articolo.»

«Ok, nessun problema.» David scribacchia un appunto sul suo notes.

Barbara guarda Cindy con gli occhi pieni di speranza. «Ci sono stati commenti sul mio pezzo AIUTARE NEI LAVORI DOMESTICI?»

«Non ancora, ma è presto» la rassicura Cindy.

«Sono sicuro che le mail inizieranno a piovere non appena i fan avranno portato fuori la spazzatura» spara a zero Will.

Cindy si gira verso di lui. «Come sta andando il tuo articolone, Will? Ancora niente?» Il suo sguardo si ferma su di me. «Nessun passo avanti, voi due?»

Will e io ci scambiamo uno sguardo e lascio che sia lui a rispondere.

«Lo sapremo venerdì» le dice.

«Ah sì?» Cindy inclina la testa. «Questo significa che vi perderete il concerto di Sam?»

Sam alza lo sguardo. «Pensavo che avessi comprato i biglietti» dice tagliente.

Will sorride. «Certo, e li useremo!» Allunga una mano e mi arruffa i capelli come uno zio amorevole. «Non è vero, Gemma?»

Me lo scrollo di dosso.

Sam fa un grugnito e torna a fissare la sua chitarra.

«Jeff.» Cindy riporta la riunione sui binari. «La professoressa Bayliss vuole che ti faccia i complimenti. Ha trovato la tua cronaca della finale di basket del Secondo Anno grandiosa. È felice di vedere che applichi gli stessi standard nel recensire sia gli sport maschili che quelli femminili.»

Jeff si appoggia allo schienale della sedia. «In realtà la partita mi è piaciuta davvero.»

Cindy prende un appunto. «Abbiamo già tutti un'idea per i prossimi articoli?»

Phil alza la mano, entusiasta. «Noi riusciremo a dare un'occhiata a un iPhone. Ultimo modello.»

Cindy inarca un sopracciglio. «Farete una descrizione dettagliata delle funzioni?»

Dave sorride. «Sì.»

«Bene.» Cindy prende nota.

Barbara si arrotola i capelli attorno a una penna. «Che ne pensate di un articolo sulle differenze tra le scuole americane e quelle inglesi?»

Jeff si sporge in avanti facendo precipitare rumorosamente la sedia sulle quattro gambe, dalle due su cui si teneva in equilibrio poco prima. «Intendi intervistare LJ?»

Barbara annuisce. «Pensavo che potesse essere interessante.»

«Se riesci a farlo smettere di parlare di sé abbastanza a lungo...» borbotta Will.

«Sembri geloso, Will.» Gli occhi di Cindy si accendono di interesse. «LJ ti ruba i riflettori?»

«Può tenerseli.» Will incrocia il suo sguardo. «Sono sorpreso che non orbiti anche tu nel suo alone di luce, come il resto delle ragazze.»

Penso a Savannah.

«No, non è il mio tipo» risponde Cindy sprezzante. «È un truzzo.»

«Dillo a Jessica Jupiter» ironizza Will. «Questa settimana sta consigliando a un dodicesimo della scuola di lasciar perdere il cheesecake americano.»

Legge Jessica!

Abbasso la testa e sogghigno soddisfatta tra me e me.

Sam si alza in piedi. «Abbiamo finito?»

Cindy guarda l'orologio. «Direi di sì.» Poi, mentre Sam esce di corsa, lei afferra la borsa, ci infila il blocco e gli corre dietro. «Sam, mi chiedevo, per venerdì...»

Mentre si allontanano insieme lungo il corridoio, Will mi prende per un braccio.

«Sei pronta per venerdì, Stone?»

Annuisco. Non vedo l'ora!

«Bene.» Mi lascia andare e si avvia verso la porta. «Non fare tardi.»

Non c'è pericolo! Chiudo gli occhi ed esprimo un desiderio.

Per favore, fa' che troviamo qualcosa su Calvo! Potrebbe essere il primo *vero* articolo della mia vita, questo.

Capitolo 18

«Ho detto a Jeff che ci vediamo alla fermata.» Tracy si guarda allo specchio della mia camera da letto.

È venerdì sera e ci stiamo preparando per il concerto. Savannah è sdraiata sul letto. È già vestita in perfetto look emo, a beneficio di LJ. «È grandioso che ci andiamo tutte insieme, questa settimana.» Si gira sulla schiena con lo specchio in una mano e l'eyeliner nell'altra e si ispessisce il contorno nero degli occhi dipinti di blu.

Tracy è tutta in tiro: uno schianto rosa scuro con i tacchi.

«Sei favolosa» le dico.

Si liscia i lunghi capelli neri, poi butta l'occhio

sul mio riflesso nello specchio. «Tu vieni così?»

Sono vestita per fare la giornalista, non per flirtare con i ragazzi. Indosso jeans e maglietta, come la settimana scorsa.

«Mi sento bene così» le dico.

Savannah scende dal letto e prende una spazzola. «Potresti almeno sistemarti i capelli.» Inizia a pettinarmi qualche ciocca. «Sono uno dei tuoi punti forti.»

Mi sottraggo alla spazzola. «Sono a posto come sono.»

Savannah lascia cadere le braccia e sospira. «Come vuoi.»

Quando saliamo sull'autobus che ci porterà al Sounds, il mio cuore martella al punto che riesco a malapena a respirare.

Potrebbe essere la serata che lancerà la mia carriera!

Tracy si siede con Jeff nei primi sedili, mentre Savannah e io andiamo in fondo, dove Sally ci sta facendo segno. Mentre ci avviciniamo, una mano mi afferra il polso e mi tira giù a sedere.

È Will, appoggiato al finestrino, il collo della giacca di pelle tirato su. «Dobbiamo stare insieme tutta la serata» mi dice. «Se vediamo qualcosa di incriminante, dobbiamo essere l'uno il testimone dell'altro. Altrimenti è solo la nostra parola contro quella di Calvo.»

Savannah si guarda alle spalle. «Gem?»

«Rimango qui, grazie» le dico.

Mi fa un occhiolino d'intesa e si infila nel posto accanto a Sally.

Rabbrividisco all'idea di quello che le starà passando per la testa. Ora penserà che mi piaccia Will!

Will dà un'occhiata ai miei capelli. «Non potevi metterti un cappello? Con quella criniera bionda sei facile da individuare.»

Arrossendo, prendo un elastico dalla tasca e mi faccio la coda.

Will rimane tutto il tempo in silenzio a guardare fuori dal finestrino.

Quando la nostra fermata si avvicina, Savannah e Sally si alzano e si uniscono a Jeff e a Tracy nel corridoio.

«Vieni, Gem?» chiede Savannah.

«Il mio biglietto ce l'ha Will» mormoro, senza neanche cercare di spiegarmi.

Will la guarda torvo come fosse il Grande Lupo Cattivo. «Non preoccuparti, non la mangio.»

Savannah scambia un'occhiata con Sal. «Ci vediamo dentro, allora.»

Mi stringo nella giacca. Non vedo l'ora che l'articolo venga pubblicato per poter spiegare a tutti come mai me ne andavo in giro con lui.

Will mi fa alzare e scendiamo dall'autobus, rimanendo indietro mentre gli altri si spintonano per entrare nel locale.

Una pioggerellina insistente spazza il marciapiede. Le luci al neon che incorniciano la porta del Sounds si riflettono nelle pozzanghere.

Seguo Will e aspetto come un cucciolo ben addestrato che mostri i nostri biglietti all'ingresso.

Entriamo.

Una volta dentro, comincia a guardarsi intorno come un marziano sbarcato in un ipermercato.

Spingo le porte che immettono nel locale.

Alex e Kenny stanno montando l'attrezzatura sul palco, mentre il dj pompa una canzone di Beyoncé. Savannah e Sally si stanno già immergendo tra la folla, dirette verso il gruppetto di LJ fermo al bar.

«Gemma!» Da un tavolo ai bordi della pista affollata, Tracy mi fa segno di raggiungerla.

«Arrivo tra un minuto» mimo con la bocca, indicando l'orologio.

Tracy si avvicina di corsa, un occhio su Will. «Ti siedi con noi, vero?» mi chiede.

«Dobbiamo dire una cosa a... ehm... a Sam.» Con la testa indico in direzione del palco. «È per la webzine. Non staremo via molto.»

Tracy scrolla le spalle, perplessa. «Okay.» Indica Jeff, seduto al tavolino con l'aria di un tifoso del Manchester United finito nella curva del Liverpool. «Andrò a vedere se riesco a farlo ballare.» Scompare oltre la barriera del suono e io torno da Will.

Ha le mani nelle tasche della giacca e sta scrutando ogni dettaglio del locale. «Come si arriva al backstage?»

«Da questa parte.» Gli faccio strada verso la

porta che Sam mi ha mostrato la settimana scorsa e, dal caldo e dall'oscurità della sala, sbuchiamo nel fresco corridoio di cemento.

Mi si rizzano i capelli sulla nuca.

E se Calvo mi vedesse? Si ricorderà di avermi già visto la settimana scorsa? Quanto vorrei aver messo quel cappello!

Mi guardo attorno. Il corridoio è vuoto.

«E ora?» chiede Will.

«Di qua.» Mi incammino verso il camerino di Sam. La porta è aperta e, nel far passare Will, metto un dito sulle labbra.

Sento la voce di Sam che chiacchiera con Pete. «Sei pronto?» dice, squarciando il silenzio con un accordo di chitarra. «È ora di andare.»

«Sbrigati!» Afferro Will per il braccio e lo trascino verso la porta antincendio. Scivoliamo dall'altra parte proprio un secondo prima che Sam e Pete escano dal camerino e si dirigano verso il palco.

«Accipicchia!» Will ha visto le pile di scatoloni addossate ai muri.

Ce n'è il doppio rispetto alla settimana scorsa.

«Quella consegna dev'essere arrivata» provo a ipotizzare.

«Vorrei sapere cosa contiene.» Will indica una scatola con un dito.

Scruto il corridoio fino a dove svolta verso l'ufficio di Calvo, le orecchie all'erta.

In lontananza, sento la band di Sam che entra in azione. Le chitarre gemono, la batteria martella. Mentre Sam inizia a cantare, Will tira giù un cartone da una delle pile. È chiuso con del nastro adesivo. Tira fuori una carta di credito dalla tasca e la usa per tagliare lo scotch. Apre la scatola.

Sento dei passi.

Da dietro l'angolo del corridoio compare Calvo, chiaramente furioso.

«Attento!» Afferro Will per il braccio. Alle spalle di Calvo sbuca un uomo grande e grosso. Sembra un gorilla senza pelliccia.

«Ehi! Che cosa diavolo state facendo?» Calvo punta il dito contro di noi, la facciona tonda paonazza.

Il gorilla si avvicina e giurerei di sentire la terra scuotersi a ogni passo.

«Corri!» Will mi spinge e io mi precipito verso la porta antincendio. Riesco a uscire a fatica, con il cuore in gola.

Mi giro, aspettandomi di vedere Will dietro di me, ma il gorilla lo ha preso e lo tiene fermo contro il muro. Will penzola dalle sue grasse mani come un orsacchiotto di pezza.

«Chiama la polizia!» mi grida.

Il gorilla gli assesta un pugno nello stomaco e Will si accascia.

Terrorizzata, scappo via.

Passo davanti al camerino di Sam, in preda al panico.

Svoltando a sinistra, imbocco una corta scala che salgo facendo tre gradini alla volta, poi volo a nascondermi dietro una colonna di altoparlanti, quando...

Il mondo attorno a me si apre in un'esplosione di suoni e luci.

Strizzo gli occhi, accecata dai riflettori, mentre da qualche parte al di là di quel bagliore abbacinante scoppia un boato.

Oh no!

Sono sul palco!

Alle mie spalle, la batteria martella.

Gli occhi si adattano piano alla luce. Riesco a distinguere Sam con l'asta del microfono tra le mani: mi guarda sorpreso, mentre le sue labbra si muovono secondo le parole della canzone, anche se dalla bocca non gli esce alcun suono.

Sento qualcosa di duro toccarmi dietro la schiena e vedo Alex che mi sorride facendomi un cenno con la testa. Poi mi spinge in mezzo al palco con la sua Fender. Io indietreggio, barcollo e incespico sui fili. A quel punto Sam prende un tamburello dal pavimento e me lo piazza tra le mani.

«Scuotilo!» dice.

Inebetita, inizio a picchiettare il tamburello. La batteria mi rintrona nella testa e le orecchie mi fischiano per le chitarre al massimo volume. Cercando disperatamente di sembrare una della band, inseguo il ritmo con il tamburello, così disorientata dal baccano che ogni colpo è fuori tempo. Uno scimpanzé suonerebbe meglio.

«Gem!»

Scorgo Savannah che si sporge sul palco allungando le braccia verso di me. Tracy, accanto a lei, urla con le mani a coppa davanti alla bocca incitandomi a continuare.

Oh, grandioso! Un fan club. Sorrido con un'espressione ebete, gli occhi che schizzano da tutte le parti in cerca di una via di fuga.

«Assolo di tamburello!» grida Tracy.

Sam e Alex si scambiano un'occhiata, poi Sam fa un cenno con la testa a Kenny e Pete.

Abbassano il livello della musica di circa quattromila decibel, fino a che lo sferragliare senza speranza del mio tamburello non si distingue come fossi un suonatore di strada a un matrimonio.

La folla ulula divertita. Faccio ondeggiare il tamburello sopra la testa e continuo a batterlo furiosamente con l'altra mano. Savannah e Tracy si accasciano l'una sull'altra, ridendo a crepapelle.

Guardo Sam implorante. *Lasciami andare...*

Lui scrolla le spalle e fa segno alla band con il microfono. La musica torna a pompare di nuovo.

Tento di fuggire, barcollo per il palco e mi imbuco nello spazio fra il basso di Pete e la batteria di Kenny.

Staranno facendo polpette di Will! Devo assolutamente chiamare la polizia.

Mi infilo dietro a Pete. Sam mi segue con lo sguardo, sempre impegnato al microfono, l'espressione sconcertata.

Alzo le spalle in un gesto di scuse e mi chino per sparire nell'oscurità. «Mi dispiace!» mimo con la bocca, poi gli mollo il tamburello.

In un angolo buio di fianco al palco tiro fuori il telefono. Nel comporre il numero della polizia, ho le mani che mi tremano e, mentre la voce all'altro capo mi chiede nome e numero di telefono, cerco di controllare il panico. Poi, però, non riesco a trattenermi: «Ci sono degli spacciatori al Sounds! Hanno preso il mio amico Will. Lo uccideranno!»

Appena forniti tutti i dettagli all'operatore, chiudo la chiamata e cerco di districarmi dall'accozzaglia di cavi e di ritrovare la strada per il backstage. Mi ritrovo nel familiare corridoio di cemento. Alla mia destra c'è la porta antincendio. Vado in quella direzione.

Nel corridoio ci sono i soliti scatoloni.

Che ne avranno fatto di Will?

Spingo guardinga la porta antincendio e sento la voce di Johnny Calvo rimbombare da oltre la svolta del corridoio.

In punta di piedi mi avvicino piano all'angolo, poi raggiungo di corsa il lato opposto e, abbassandomi, mi addosso all'uscita di emergenza. Sporgendomi in avanti, oltre una pila di casse, riesco ad avere una visuale completa del tratto di corridoio che porta all'ufficio di Calvo. Lui è dentro, in piedi, e il suo gorilla tiene fermo Will stringendogli con forza un braccio attorno al collo.

«Te lo chiedo per l'ultima volta.» Calvo si avvicina a Will. «Che ci facevi qui?»

Will fa il duro. «Ti rispondo, ma tu di' al tuo buttafuori di lasciarmi andare.»

Calvo fa un cenno al gorilla, che libera Will.

«Sono venuto insieme a quelli della band.» Will si sfrega il braccio nel punto in cui l'uomo lo aveva tenuto stretto. «Mi hanno detto di venire qui a prendere degli stuzzichini.»

«E hai pensato, già che c'eri, di aprire qualche scatolone?»

«No. Non avendo trovato neanche un distributore automatico, ho pensato che gli stuzzichini fossero dentro i cartoni.»

Sono colpita. Persino io mi lascio quasi convincere dalla recita di Will e immagino già il titolo:

GIOVANI REPORTER METTONO I BASTONI FRA LE RUOTE A UN BARONE DELLA DROGA...

Nella mia testa, sto scrivendo il pezzo.

> *La notte scorsa, due giornalisti*
> *teenager si sono infiltrati in un giro*
> *di droga locale, rinvenendo la più grossa*
> *partita di stupefacenti mai scoperta.*

Calvo alita in faccia a Will. «E perché mai dovremmo tenere degli stuzzichini in scatole sigillate?» Dà un colpo su una delle pile di cartoni ammassate attorno a lui.

> *Lo spacciatore, Johnny Calvo, ha rapito*
> *uno dei due e lo ha interrogato senza pietà.*
> *Ma il coraggioso reporter è rimasto calmo*

sotto il fuoco incrociato delle domande,
fino a che la collega non è accorsa
in suo aiuto, salvandolo.

Cerco di immaginare l'articolo che apparirà sul "Times" e mi viene in mente che ho bisogno di una foto.

Tiro fuori il telefonino, mi sporgo oltre la pila di scatole e scatto.

«Ehi, tu!» Con il suo grido, Calvo mi fa trasalire. «Ce n'è un'altra!» urla. «Arrivano da tutte le parti, come dannati ratti!»

Retrocedo, mentre il gorilla si butta su di me. Faccio un balzo indietro. La maniglia dell'uscita di emergenza mi preme contro la spina dorsale. Allungo una mano e spingo forte.

Non si muove.

È bloccata.

«Vieni qui!»

Quando il gorilla mi afferra per il braccio, ricaccio indietro un urlo.

Capitolo 19

«Mi tolga le mani di dosso!»

Quando il gorilla mi trascina per il corridoio parcheggiandomi accanto a Will, la paura si trasforma in rabbia.

Will mi lancia un'occhiata di scuse.

Io sostengo fiera il suo sguardo. Non deve sentirsi in colpa. Conoscevo i rischi che correvo.

«Lasciateci in pace» grido a Calvo. «Non abbiamo fatto niente!»

«Ah, davvero?» dice lui beffardo. «E la mia cassa, ladruncola?» Indica il cartone mezzo aperto che Will ha lasciato nell'angolo.

«Non stavamo rubando» rispondo secca. «Volevamo solo vedere la dro...»

Will mi zittisce fulminandomi con gli occhi. «Ok, pensavamo di rubare parte della vostra riserva di stuzzichini» confessa. «Cercavamo qualche patatina per la festa dopo il concerto. Eravamo sicuri di trovarne un bel po', qui. Chiamate pure la polizia e fateci arrestare, se volete!» Fissa Calvo con uno sguardo di sfida e, proprio in quell'istante, la porta antincendio si apre.

Sentiamo un rumore di passi lungo il corridoio, poi due poliziotti svoltano l'angolo di corsa.

«Lasciate andare quei ragazzi!» grida uno.

Il gorilla allenta la presa e io schizzo verso di loro. «Spaccia droga!» esclamo, indicando Calvo.

«Il club è solo una copertura.» Will afferra una scatola e la lascia cadere ai piedi del poliziotto. «Apritela e guardate voi stessi.»

Il poliziotto sembra curioso. «Bene, bene, Calvo» borbotta. «Hai alzato la posta, eh?»

Will mi dà una gomitata. «Fai qualche foto, Gemma.»

Tiro fuori il telefonino e, mentre il poliziotto si china per aprire il cartone, mi preparo a scattare. Premo il tasto nell'istante in cui il poliziotto tira fuori... qualcosa di rossiccio e peloso.

Calvo lo strappa di mano al poliziotto. «*Droga*?» È indignato. «Ma per chi mi avete preso? Io vendo *LaToga*, non la *droga*! È l'ultimo grido in fatto di parrucchini: creati dalla hairstylist più *in* del momento, LaToga Watson.»

LaToga? Guardo il toupet che gli pende dalla mano come un topo morto e la mia testa si mette a girare fino a che non capisco ogni cosa.

LaToga... *Parrucchini!*

Johnny Calvo, come seconda attività, vende *parrucchini*!

Il poliziotto mi sorride. «Sono l'agente McDonald.» Indica il collega con un cenno del capo. «E lui è l'agente Benbow.»

L'agente Benbow prende una manciata di parrucchini dalla scatola. «Johnny Calvo» sogghigna. «Signore dei LaToga.» Tira fuori un blocchetto dalla tasca. «Dove ha comprato questi parrucchini, signor Calvo?»

Calvo svicola. «Posso spiegarle tutto.»

«Ha le ricevute?» L'agente McDonald blocca il gorilla che cerca di defilarsi.

«Le ho perse» mugugna Calvo.

«Bene, bene.» McDonald si toglie il casco e Benbow picchietta sul blocco. «Abbiamo ricevuto la denuncia di un furto in un magazzino, il mese scorso. A quanto pare, il bottino includeva una partita di parrucchini.»

Mentre si avvicina a Calvo, scatto un'altra foto.

Will mi mette la mano sulla spalla e mi allontana. «Ora vai pure, Gemma» mi dice con gentilezza. «Rilascio io la nostra deposizione agli agenti. Tu restane fuori.»

Guardo l'agente McDonald.

«Da qui sono solo formalità burocratiche, ragazzina» mi dice. «Torna pure al concerto.»

Formalità burocratiche? Sono delusa. Quando l'adrenalina cala e torno a pensare normalmente, mi rendo conto che il nostro enorme giro di droga si è appena trasformato in un furtarello.

«Grazie per la soffiata.» Il poliziotto mi allunga la mano.

Io gliela stringo e sorrido. Immagino che comunque non sia male, come primo caso.

Mentre rientro nel locale, mi sento tremare.

Lascio che la musica e il calore mi avvolgano e, con dei profondi respiri, tento di recuperare la calma. Poi cerco Tracy e Savannah tra la folla.

LJ e il suo gruppo sono ancora al bar, ma di Savannah non c'è traccia. Al tavolo a cui erano seduti Tracy e Jeff ora ci sono degli altri ragazzi. Vago tra il pandemonio di gente fino a che non mi imbatto in Sally.

Trasale come se le avessi pestato la coda. «Oh, Gemma...» Il suo saluto è caloroso, *troppo* caloroso... come se l'avessi appena beccata a copiare il mio compito.

«Dov'è Sav?»

Butta l'occhio verso l'ingresso. «Non so...»

Mi insospettisco, ma non le faccio altre domande. Seguo il suo sguardo nervoso e apro la porta che conduce all'ingresso.

Savannah e Marcus sono seduti vicini in un angolo. La testa di Savannah è appoggiata alla spalla di Marcus che, quando mi vede, le mormora qualcosa in un orecchio.

Savannah si allontana di scatto da lui, come se stesse prendendo fuoco.

«Ciao, Gem!» grida nella stessa voce ipercalorosa di Sal.

«Cosa succede?» chiedo. Come al solito inizio a immaginarmi i titoli per nuovi articoli. *Studentesse nascondono illecito al Sounds* oppure *Teenager implicate nello Scandalo della Discoteca.*

«Dalla faccia direi che hai assassinato Tracy e stai cercando di occultarne il corpo» scherzo.

Savannah ha un'espressione colpevole sul volto. «È molto peggio.»

«L'hai venduta alla mafia russa?» Cerco di continuare a buttarla sul ridere, ma il suo sguardo serio sta iniziando a preoccuparmi.

«Oddiooddiooddio!» piagnucola in modo pietoso, conficcandosi le dita nelle tempie come se il suo cervello stesse cercando di scappare.

«Mi dici che cosa c'è?» Non riesco più a sopportare la tensione.

«Mi dispiace così taaaaaanto» si lamenta Savannah. «Per favore, non uccidermi.»

«Non lo farò! Tu però mi devi dire che cosa sta succedendo.»

Nell'angolo, Marcus ha un'aria sfuggente. Che sia suo complice in questa faccenda?

Savannah fa un respiro profondo, poi espira lentamente.

«Insomma, Sav, qual è il problema?»

Lo butta fuori tutto d'un fiato: «MisonoinnamoratadiMarcuseluidicedisentirelastessacosaperme».

Per fortuna parlo un savannese corrente. Traduco: «Ti sei innamorata di Marcus e lui sente la stessa cosa per te».

Savannah annuisce miseramente. «Perdonami, Gem. Lo so che lui ti piace, ma è stato come se... lui all'improvviso... e io...» Si tappa la bocca con le mani. «Mi dispiace *taaanto.*» La voce è attutita dalle dita.

Io sono al settimo cielo.

Riesco a malapena a non fare il giro attorno all'ingresso con le dita alzate in segno di vittoria. Rimango lì con un ghigno idiota sul volto, mentre Savannah passa in modalità megaspiegazione.

«Vedi, Gem. Ho sentito LJ che parlava con i suoi amici e mi stava *prendendo in giro.*»

Il sorriso mi muore sulle labbra.

«Ironizzava sul fatto che lui mi piaceva. Parlava di me come se fossi una bambina dell'asilo o roba del genere, ed ero sconvolta.» Al ricordo, i suoi occhi iniziano a riempirsi di lacrime. Poi li rivolge a Marcus. «E lui è stato *così* gentile.»

«Chi? Marcus?»

«Be', ovvio!» Savannah mi fa un'espressione idiota. «Che cosa credevi? Che intendessi LJ? Lui è... l'esatto contrario di gentile. È *orribile*. Non riesco a capire che cosa ci vedessi in lui. Non posso credere che Jessica Jupiter avesse ragione anche questa volta. Non avrei dovuto inseguire il "sogno americano" quando ho un perfetto "muffin inglese" proprio davanti agli occhi.» Guarda Marcus con aria sognante e lui arrossisce. Poi Savannah ricorda il terribile crimine che ha commesso.

«Oddio, Gem. Mi dispiace così taaaaaanto.»

La abbraccio. «Non fare la scema.»

Mi guarda stupita.

«Ricordi quando ti ho detto che non ero interessata a Marcus?» le dico.

Lei annuisce.

«Era perché *non ero* interessata a Marcus. Non lo sono mai stata.»

«Veramente?» Inizia a capire. «Ma perché no? È fantastico!»

«Lo so.» La giro con delicatezza verso di lui e la spingo a raggiungerlo. «Anche tu lo sei, Sav. Siete fatti l'uno per l'altra.»

Lei sospira felice e si scioglie fra le sue braccia. «La nostra è un'unione scritta nelle stelle.»

Marcus mi fa l'occhiolino. «Grazie per la comprensione, Gemma.»

«Nessun problema.» Li guardo uscire dal locale con aria sognante.

«Tu vieni?» mi chiede Sav girandosi.

«Voglio prima trovare Tracy.» Mentre li saluto, mi sento come una chioccia che ha dato in sposa un'altra delle sue pulcine.

All'improvviso sono così felice che vorrei appendermi alla palla stroboscopica. Jessica è fantastica nel creare coppie e io sono una giornalista favolosa. Che importa se si trattava di parrucchini e non di droga? Ho comunque aiutato a inchiodare un uomo d'affari corrotto.

Non male come primo incarico!

«Gemma!» Alle mie spalle, Tracy ulula come una sirena. «Eccoti!» Viene verso di me con Jeff al seguito. La porta che dà sul locale continua a oscillare. «Sei stata *mitica*!»

Le rotelline nel mio cervello girano all'impazzata, mentre cerco di capire. Ha già saputo della storia di Calvo? Chi può averle detto che sono stata io a smascherare la sua subdola truffa?

«Ero così eccitata, quando sei salita sul palco!» Tracy si appoggia al mio braccio. «Con il tamburello! Fantastica! Ma non sapevo che facessi parte della band! Com'è successo?»

La prendo a braccetto. «È una lunga storia.»

Jeff ci precede per aprirci la porta e usciamo nella notte. Savannah e Marcus sono già alla fermata, si strofinano naso contro naso come timidi cervi.

«E questo, che significa?» Tracy rimane a bocca aperta.

Le stringo il braccio. «Devi aggiornarti, Tracy» rido. «Le cose accadono in fretta da queste parti!»

Capitolo 20

Le due ore di matematica del lunedì pomeriggio volano. Non aspetto altro che di arrivare alla riunione di redazione e crogiolarmi nella gloria del nostro scoop. Ho spedito via e-mail a Will le foto che avevo scattato e i miei appunti, e lui ha scritto l'articolo, che ormai sarà arrivato nella casella di posta di Cindy.

La mia mente ronza di domande. E se la storia venisse approfondita sulla cronaca locale? E se avesse risonanza nazionale?

La mia immaginazione prende il sopravvento. All'improvviso sono di nuovo nella redazione londinese, in attesa della telefonata.

GEMMA STONE, LA PIÙ GIOVANE VINCITRICE DEL

PREMIO MONDIALE DELLA STAMPA DI TUTTI I TEMPI.

La voce del professor Baxter interrompe i miei pensieri. «Gemma, hai finito?»

Riprendo la penna e giro le pagine del libro. «Quasi.» Devo ancora risolvere cinque problemi, ma per fortuna il mio cervello è iperattivo e così, quando suona la campanella, ho completato gli esercizi.

Libro chiuso. Borsa fatta.

Scatto in piedi.

«Vi chiamo stasera!» dico, girandomi a salutare Savannah e Tracy che stanno ancora mettendo via le loro cose.

Corro alla webzine.

Will è già arrivato e sta distribuendo una copia stampata del nostro articolo su ogni banco. La giacca di pelle appesa allo schienale della sedia, è rimasto in maniche di camicia e si comporta come se facesse una cosa che gli capita tutti i giorni.

«Com'è venuto?» Prendo una copia, eccitata all'idea di vedere il nostro lavoro nero su bianco.

«Non male.» Will molla le copie che gli sono rimaste sul banco di Cindy e si mette a sedere.

Blitz in un club locale: LaToga nel backstage, *di Will Bold.*

Il mio nome non c'è. Sento una fitta di delusione. Forse era troppo sperare di poter firmare l'articolo alla mia prima inchiesta.

Un'irruzione al club Sounds, venerdì sera, ha fatto recuperare un bottino di merce rubata.

C'è la mia foto dell'agente Benbow con in mano il parrucchino e Calvo sullo sfondo con l'aria di un bambino beccato a rubare dalla borsa della madre.

Il reporter Will Bold, in una difficile indagine sotto copertura, ha scoperto una partita di parrucchini. E quando la polizia ha fatto irruzione nel club, in seguito alla soffiata di Bold, i parrucchini sono risultati essere solo la punta dell'iceberg.

Sam entra nella stanza, appoggia lo zaino sul pavimento e inizia a scorrere l'articolo.

Quasi un centinaio di navigatori satellitari per auto e molte altre apparecchiature elettroniche sono stati confiscati dal backstage del club, durante l'esibizione della band locale Hardwired.

«Grazie per aver fatto il nostro nome, Will» dice Sam, appoggiandosi allo schienale della sedia.

Will si passa la mano fra i capelli. «Nessun problema.»

Io sto ancora aspettando di leggere il mio, di nome. Dopotutto, sono stata io la prima a sentire la telefonata sospetta, e a chiamare la polizia mentre il gorilla si lavorava Will.

Dopo il blitz, la polizia ha riempito decine di sacchetti trasparenti con i presunti oggetti rubati. Due uomini di cinquantacinque e trentadue anni sono stati arrestati con l'accusa di ricettazione di merce rubata e in seguito rilasciati su cauzione in attesa di ulteriori accertamenti.

Tutto qui? Dov'è il mio nome? Guardo Will. È molto soddisfatto di sé.

«Grazie per la mail, Will. È un buon articolo.» Cindy entra di gran carriera e si siede al banco, usando gli articoli che Will vi ha lasciato per farsi vento.

Will sorride compiaciuto. «Allora, è valsa la pena aspettare?» È ovvio che ha intenzione di godersi al massimo questo momento.

«Will.» Cindy si sporge in avanti e gli propina lo sguardo tutto ciglia che di solito riserva a Sam. «Sei un genio!» Con gli occhi fissi su di lui, fa cenno a Barbara, Phil e Dave di entrare. «Non so che cosa farebbe la webzine senza di te. Dobbiamo la nostra stessa esistenza al tuo coraggio e alla tua integrità. Sei, e sarai per sempre, il mio *eroe.*» Buttandosi dietro le spalle i capelli perfetti, in un istante passa di nuovo in modalità Regina di Ghiaccio e si rivolge al resto di noi. «Qualcun altro vuole massaggiare l'ego di Will?» chiede. «Io ho solo due mani.»

Will la guarda torvo, e proprio in quel momento entra Jeff.

«Che cosa mi sono perso?» chiede sedendosi.

Sam lo aggiorna. «Will si dava troppe arie e Cindy gli ha dato una ridimensionata.»

Jeff tira avanti la sedia. «Il solito, allora.»

Cindy riprende il controllo della riunione. «È un ottimo scoop» ammette. «E il giornale locale approfondirà la storia, il che per la webzine sarà una bella spinta.»

Sono sui giornali locali!

Peccato che invece non ci sia.

Mi accascio sulla sedia.

Il mio nome non compare da nessuna parte.

Harris fa capolino sulla soglia. «Congratulazioni!» inizia a dire con gli occhi che gli brillano. «Gran bell'articolo, Will!»

«Ci ho lavorato anch'io» dico risentita.

Il professor Harris si guarda attorno come se stesse cercando il topolino che ha parlato, poi mi vede. «Oh, Gemma! È questo il pezzo per cui stavi aiutando Will?» Sorride con aria condiscendente. «Devi essere molto soddisfatta che sia riuscito così bene.»

Sono stata la prima ad arrivare sulla scena!

Non importa a nessuno?

Decido di farmi un po' di pubblicità da sola. «Ero lì, sa? Quando hanno arrestato Calvo!»

Il professor Harris si acciglia. «Al club?»

«Sì, durante il blitz» gli dico.

Lui si acciglia ancora di più. «Non voglio che tu corra rischi. Non voglio che nessuno di voi si metta nei guai a causa della webzine.» Si rivolge a Will. «Spero che tu abbia badato a Gemma, al club.»

«Naturale!» Will tranquillizza il professore. «Mi sono assicurato che stesse lontano da quella gente pericolosa.»

«Ha ragione, professor Harris» interviene Cindy. «Forse è più sicuro lasciare che Gemma recensisca i prodotti di bellezza, in futuro.»

Osservo la strana coppia adulare il professor Harris. So esattamente che cosa stanno facendo. Will non sopporta di dover ammettere che per scrivere il suo articolo ha avuto bisogno del mio aiuto. E Cindy vuole che continui a essere la sua scrittrice di oroscopi segreta.

La Regina di Ghiaccio si mette la borsa sulle gambe. «Perché non chiudiamo la nostra riunione, per oggi?» E lanciando un'occhiata a Harris aggiunge: «Possiamo continuare a parlare dei nostri articoli alla riunione di mercoledì».

Sì. Quando non ci sarà Harris e tu avrai di nuovo il controllo.

«Per me va bene.» Prima ancora che io abbia finito di ricostruire la logica dei pensieri di Cindy, Will è già in piedi e segue il prof fuori dalla porta.

Barbara e Cindy se ne vanno subito dopo.

Jeff esce mostrando ai gemelli dei fumetti. «Riuscite a crederci? Hypno-Hustler che cerca di convincere la polizia a proteggerlo dall'Uomo Ragno...»

Li guardo uscire, sentendomi come se fossi stata derubata in pieno giorno.

«E così hai visto l'irruzione?»

Sam è ancora nella stanza.

Mi giro verso di lui, cercando di riprendermi. «Sì» gli rispondo.

«Wow.» Si appoggia allo schienale della sedia. «Che paura, eh?»

«È stato eccitante.» Mi guardo le scarpe,

all'improvviso imbarazzata. «Però ero anche un po' spaventata. Pensavo che fossero spacciatori. E quando il buttafuori ha afferrato Will, pensavo che saremmo morti. Sono solo felice di essere riuscita a liberarmi abbastanza a lungo da chiamare la polizia.»

«Hai chiamato *tu* la polizia?»

«Sì.» Lo guardo. «Avevo sentito Calvo concludere un affare, quel venerdì che mi hai mostrato il backstage.»

«*Il backstage!*» Sam sembra fare due più due. «È *per quello* che hai voluto vedere il backstage!»

«Sì.» Mi arrotolo una ciocca di capelli intorno al dito. «Scusa, spero che non ti dispiaccia. Will mi ha chiesto di darmi un occhio in giro e, quando ho sentito Calvo fare delle telefonate sospette, siamo tornati a investigare.»

«Quindi è *per quello* che eri con Will!» Gli occhi di Sam si illuminano. «Stavi lavorando con lui all'articolo?»

«Ovvio! Pensavi che mi piacesse la sua compagnia?»

«Non è poi tanto male» dice Sam generoso.

«Prova a essere una di Prima quando lui è nei paraggi.»

«Devo proprio?»

Rido. «No.»

«A proposito, mi è piaciuta la tua esibizione» dice Sam.

«Esibizione?» Mi ci vuole un po' per capire. «Oh, sul palco!» Con tutta l'agitazione dell'articolo, avevo quasi dimenticato il mio assolo improvvisato di tamburello. Mi faccio piccola piccola. «Perdonami» mormoro. «Mi stavo nascondendo dal buttafuori.»

«Posto interessante per nascondersi.»

Mi faccio ancora più piccola. «Comunque penso che in futuro le lascerò a te, le performance dal vivo.»

«Peccato.» Sam mi tiene aperta la porta.

Gli passo accanto e mi fermo sulla soglia. «Perché?»

«Ho due biglietti per il concerto di questo fine settimana degli Spider Monkeys e mi chiedevo... ti andrebbe di venirci con me?» mi chiede evitando il mio sguardo.

D'un tratto mi sento felice. «Sì, mi piacerebbe molto.»

Usciamo in corridoio.

«Fantastico.» Sam spegne le luci e chiude la porta alle nostre spalle. «Vengo a prenderti sabato alle sette.»

Capitolo 21

«Sam ti ha chiesto *di uscire*?» A Savannah quasi sfugge il portafogli di mano.

Ho appena sganciato la bomba Spider Monkeys. «Non è un appuntamento» mi affretto a dirle.

Tracy mi dà una gomitata. «Ne sei sicura?»

Sono al multisala, in coda per il popcorn con Savannah e Tracy. È giovedì sera e Savannah si è messa in testa di andare a vedere una sdolcinata commedia romantica. Sono venuti anche Marcus e Jeff e io mi sento come l'unica single in un regno di coppie. Non ero neanche sicura di venire, ma mi hanno pregata.

«Non sarebbe la stessa cosa senza di te, Gem» mi ha implorata Tracy.

«Sei il terzo moschettiere, tu» ha aggiunto Savannah.

«Mi sento più la terza ruota del carro» ho borbottato.

Ho consultato anche la mamma per sapere cosa fare.

«Te l'hanno chiesto» ha detto lei. «Quindi, secondo me, devi andarci.»

«Cercavano solo di essere educate» ho obiettato io.

È intervenuto perfino Ben: «Tracy e Savannah sono tue amiche, no? Allora vacci».

Quindi eccomi qui, un pesce fuor d'acqua.

Mi guardo attorno nell'atrio, chiedendomi chi disegni i motivi delle moquette dei cinema. Decido che dev'essere qualcuno che odia i cinema. O la moquette.

Marcus e Jeff ci aspettano vicino a una colonna. Jeff sta guardando con aria malinconica una locandina. È l'immagine alta tre metri di un soldato dalla mandibola d'acciaio circondato dall'esplosione di un carro armato. *MEGABOMBER – l'azione ti colpirà!* Marcus fissa il pavimento con l'espressione triste di un cane che aspetta fuori da un supermercato. Immagino che una commedia romantica non sia la sua idea di film "da non perdere".

Controllo l'orologio. Dieci minuti all'inizio.

«*Deve* essere un appuntamento» insiste Sav.

Mi sistemo una ciocca ribelle dietro l'orecchio. «Non è possibile che mi abbia chiesto di uscire in quel senso, avendo Cindy che gli ronza intorno» ribatto.

«Ma non sta uscendo con Cindy» mi fa notare Savannah.

«Non *ancora.*»

Nella mia mente rivedo il modo in cui Cindy guarda Sam. Come un gatto davanti alla boccia dei pesci rossi, in attesa che la preda luccicante si avvicini abbastanza alla superficie da poterla afferrare senza neanche bagnarsi le zampe.

«Perché non ha chiesto *a lei,* allora, di andare al concerto degli Spider Monkeys?» Sav avanza lentamente insieme alla fila.

L'odore degli hot dog mi fa brontolare lo stomaco. «Non si può parlare, a un concerto. Ci sono solo musica e confusione, e l'unica cosa che si riesce a vedere è la band sul palco. Se dovesse uscire con Cindy, la porterebbe in un luogo più tranquillo, a lume di candela. Un posto intimo in cui è più facile imparare a conoscersi.» Me li immagino al tavolo di un ristorante. Tovaglia di lino, luci soffuse, un cameriere che indugia educato. Sono sfolgoranti: biondi, belli, troppo somiglianti a una pubblicità della Coca Cola per essere reali.

Tracy si gratta il naso. «Capisco che cosa vuoi dire, Gem. Un concerto non è *esattamente* romantico, ma...»

La interrompo prima che cerchi di infondere false speranze in me. «Vuole qualcuno con cui andare al concerto, tutto qui. Sarà per un articolo per la webzine.»

«Stai dicendo che ti ha chiesto di uscire perché ha bisogno di un'assistente editoriale?» Le sopracciglia di Savannah si inarcano. «Gli terrai il blocco?» Sta ancora cercando di capire quale sia, di preciso, il mio ruolo al giornale della scuola. «Farai la punta alle matite?»

Eludo la domanda. «Immagino che vada a talmente tanti concerti da essere a corto di accompagnatori.»

Tracy mi tira i capelli. «Gem, insomma!» dice contrariata. «Perché stai cercando di convincerci – e di convincere te stessa – che ti ha chiesto di uscire solo perché sei l'ultima persona rimasta sulla Terra?» Mi squadra da capo a piedi. «Perché non dovrebbe voler uscire con te, scusa?»

Savannah annuisce con vigore. «Hai quell'aria Sono-Carina-Ma-Non-Ne-Sono-Cosciente che è sempre una delle cose che eccitano *di più* i ragazzi. *Certo* che è un appuntamento!»

In me si accende una scintilla di speranza. Per un istante sono indotta a credere che Sam Baynham, il ragazzo più carino, popolare e sexy del Secondo Anno, voglia uscire proprio con me, Gemma Stone.

Jessica Jupiter mi sussurra in un orecchio: "Tesoro, smettila di fare da tappezzeria. Se è la dolcezza che vuoi, dai al ragazzo un po' di zucchero e una rimescolatina". La scaccio dai miei pensieri. «Possiamo cambiare argomento, adesso?»

Arriviamo al bancone.

Dietro la cassa c'è uno spilungone alto dieci metri. È tutto dritto dalla testa ai piedi, fatta eccezione per il pomo d'Adamo che gli va su e giù in gola. Ci guarda svogliato. «Che cosa prendete?»

«Due coche medie, una bottiglietta d'acqua e due granite al lampone, per favore.» Savannah sbatte le ciglia, appoggiandosi impaziente al bancone, come se incontrare quello spilungone fosse il momento più elettrizzante della sua settimana. «E poi due popcorn grandi, due pacchi di patatine, una confezione di M&M's e un hot dog.» Mi guarda. «Cipolle?»

«Ovvio.» C'è un grande vantaggio nell'essere qui senza un ragazzo: posso scegliere di mettere quello che voglio nel mio hot dog. «Con anche sottaceti e ketchup.»

Tracy e Savannah non mangiano nulla che rischi di compromettere un bacio.

Io invece potrei mangiare aglio crudo e nessuno ci farebbe caso.

Savannah inizia a passarmi le bevande e i popcorn, fino a che non ho le braccia piene. Poi carica Tracy e paga.

Maneggia il mio hot dog come se fosse una bomba sul punto di esplodere. «Mi dici come fai a mangiare questa porcheria, Gem?» Fa cambio con il bicchiere di popcorn che ho in mano.

Do un morso al panino, facendomi dei baffi di ketchup.

Jeff viene verso di noi, con Marcus al seguito. Alleggerisce Tracy degli stuzzichini, mentre Marcus prende il popcorn dalle mani di Savannah.

«Chi voleva cosa?» Savannah dirige le serate al cinema come se fosse il vicepresidente della *Serate al Cinema S.p.A.*

Senza aspettare risposta, inizia a smistare cibo e bevande fino a che tutti hanno lo spuntino desiderato.

«E ora, ecco i biglietti!» annuncia tirandone fuori cinque dalla tasca.

Ne dà due a Marcus, che li guarda confuso. «Ma qui c'è scritto *Megabomber.*»

«Sì, certo.» Savannah gli accarezza la guancia. «Non avrai pensato davvero che avrei costretto voi ragazzi a guardare *Cuori su Manhattan,* vero? Mette un broncio carino e guarda Marcus con gli occhioni spalancati, dicendogli dolcemente: «Devi aver pensato che io fossi un orribile mostro».

Marcus si scioglie. «Grazie, Sav.»

Jeff prende il suo biglietto per *Megabomber* e guarda Tracy. «Ti va bene davvero se vediamo due film diversi?»

Tracy, abbracciata a un bicchiere di popcorn, gli dà un calcio in uno stinco. «Certo!» Sorride. «Abbiamo bisogno di una serata al femminile, noi. Inoltre, non capireste niente di *Cuori su Manhattan*, è un film per ragazze! Parlano in codice... Voi avreste bisogno dei sottotitoli.»

Jeff prende una manciata di popcorn dal suo bicchiere. «Quale codice?»

«"Ti odio" significa "Ti amo"» spiega Sav. «E "Ti amo" significa "Sei solo un ripiego, in realtà sono innamorata del bellissimo ragazzo in cui mi sono imbattuta questa mattina sull'autobus".»

Marcus ha un'espressione allarmata. «È così anche nella vita reale?»

Savannah gli mette un braccio sulle spalle. «Oh no» gli risponde comprensiva. «Se dovessi mai dirti che ti odio, è perché ti odio davvero.»

Jeff nasconde un ghigno. «E se invece dovessi dirgli che lo ami?»

Savannah fa scorrere un dito sotto il mento di Marcus. «Allora sarà un ragazzo fortunato.» Fa per girarsi sui tacchi rosa, poi si blocca.

Il suo sguardo sgomento è fisso sull'entrata. «A quanto pare avevi ragione, Gem...»

Sam sta tenendo aperta la porta a Cindy, che entra spedita, con Barbara alle calcagna.

Tracy rovescia quasi la sua granita. «Porta Barbara *agli appuntamenti con i ragazzi*?» Si avvicina come se stessimo serrando i ranghi per la battaglia. «Ricorda, *non sappiamo* se è un appuntamento.»

Sì, giusto. Cindy è splendida nei suoi jeans attillati, e i capelli di Sam sono tirati con il gel.

Sam viene verso di noi.

All'improvviso l'hot dog mi brucia tra le mani. Cammino di lato fino a un cestino e lo butto via, poi mi pulisco i baffi di ketchup.

«Ciao.» Sam saluta prima Jeff, ma i suoi occhi sono fissi sul mio volto.

Sono impietrita, come se mi trovassi sulla linea di tiro di un cecchino.

Cindy ci raggiunge.

«Ciao, Jeff!» lo saluta e non ci guarda nemmeno mentre gli chiede: «Fai il baby sitter, stasera?» *Adesso* si gira a guardarci. «Non dovresti farti aiutare? Sono un *sacco* di bambine cui badare.»

Tracy la guarda storto. «Sappiamo badare a noi stesse, grazie comunque.»

Jeff mette un braccio attorno alle spalle di Tracy. «È solo umorismo di Seconda, non farci caso.»

Barbara interviene, coraggiosa. «Oh Cindy!» Fa una risatina. «Come sei spiritosa!»

Mi chiedo come mai si sentano tutti in dovere di scusare la Regina di Ghiaccio. Forse quelli del Secondo Anno firmano un giuramento di lealtà all'inizio di ogni quadrimestre.

Sam mi sta ancora fissando. Poi distoglie lo sguardo. «Che film andiamo a vedere, Cindy?»

«Ah, non devi chiederlo a me.» Cindy butta l'occhio seccata verso l'ingresso. «È stata un'idea di Will.»

Mi giro appena in tempo per vedere Will che

fa il suo ingresso dalla porta principale. Viene verso di noi, attraversando l'atrio ad ampie falcate. «Avete già preso i biglietti?»

Cindy gli lancia un'occhiataccia. «Non sappiamo neanche che film siamo venuti a vedere!»

«Ve l'ho detto» brontola Will. «È la serata del film d'autore. Questa è forse l'unica occasione che mai avrete di vedere *La corazzata Potëmkin.*»

Gli occhi di Sam si illuminano. «È un film di guerra?»

«Un classico del muto girato nel 1925 da Ejzenštejn» lo corregge Will.

Jeff guarda Sam solidale. «Vuoi venire a vedere *Megabomber* con noi?» Lui alza le spalle e, rivolto a Will, dice: «Mi spiace, amico. Ma le esplosioni mi piacciono col sonoro».

Will ci rivolge la stessa espressione che probabilmente riserverebbe alla gabbia degli scimpanzé allo zoo. Lo immagino che grida tra le sbarre: "E vi dite evoluti solo perché avete i pollici opponibili?"

Torno alla realtà.

«Andate tutti a vedere *Megabomber*?» mi chiede Sam.

«No, quel film lo lasciamo ai maschietti, noi abbiamo scelto un film per ragazze che danno alla stessa ora» rispondo.

Sul suo volto passa una strana espressione, che però scompare prima che io capisca che cosa significhi.

Will fissa Cindy. «Suppongo che tu voglia vedere il film per ragazze.»

«Perché? Perché sono bionda? Deve per forza voler dire che ho la testa vuota?» lo rimbecca lei.

Sam sorride. «A me non dispiace ammettere di essere una testa vuota.» Prende una banconota dalla tasca. «Qualcun altro viene a vedere *Megabomber*?»

Will, Cindy e Barbara scuotono la testa.

Sam si rivolge a Jeff. «Non vi dispiace se mi aggiungo a voi?»

«Naturalmente no» risponde Jeff, dando una pacca sulla spalla a Marcus. «A proposito, lui è Marcus.»

«Sei nella classe di Gemma, giusto?» Sam si sposta i capelli dagli occhi.

«Sì.» Marcus si ficca le mani in tasca.

Savannah alza il mento. «È il mio ragazzo» annuncia orgogliosa.

«Ragazzo fortunato» commenta Sam e, mentre si dirige verso la cassa, Cindy lo segue con lo sguardo.

Will si mette nella sua visuale. «Quindi noi andiamo a vedere Ejzenštejn, Cinderella?»

«Certo!» risponde lei secca. «Vado a prendere i biglietti.»

Barbara le corre dietro. «Cindy!»

Will si apre la giacca di pelle. «Sta solo cercando di far colpo su di me» grugnisce.

«O forse *sei tu* che stai cercando di far colpo *su di lei*» mormoro io.

«Come?» Mi fissa con uno dei suoi sguardi omicidi che ricambio con altrettanto veleno.

La rabbia mi sta montando in petto. «Cos'è questa storia del cinema d'autore, Will?» Ancora non gli ho perdonato di avermi esclusa dall'articolo. «Stai cercando delle altre idee da rubare?»

Will infila una mano nella tasca posteriore. «Se rispetti l'artista, non si tratta di furto, ma di un *omaggio*.»

«*Omaggio*?» Savannah aggrotta la fronte. «Come quelli che si trovano nelle scatole del Nesquik?»

Tracy ride. «Forza.» Prende me e Savannah a braccetto. «Andiamo a prendere posto.»

Andiamo verso le scale che portano alla Sala 5.

«Aspettatemi!» Barbara ci rincorre.

Mi fermo sbalordita. «*Come?*»

«Vengo con voi a vedere *Cuori su Manhattan*» dice ansimando.

«E Cindy?» Guardo nell'atrio.

Cindy è alla cassa insieme a Will.

«Vuole vedere quel film muto.» Barbara si tira la borsetta sulla spalla. «Io però ho paura di addormentarmi a metà film e di mettermi a russare.»

Sono colpita. Barbara ha deciso di volare con le sue ali. «Andiamo, allora.» Faccio strada.

«Divertitevi, ragazzi» grida Savannah a Jeff e Marcus, voltandosi indietro.

«Gemma!» mi chiama Jeff. «Pulisciti il mento dal ketchup.» E indica il punto su di sé.

Mi tocco sotto la bocca e sento un ammasso freddo e umido di salsa. Rimango di sasso.

Deve essere stato lì per tutto il tempo!

Ecco perché Sam mi fissava!

Imbarazzatissima, mi pulisco e raggiungo Tracy.

«Perché non mi hai detto che avevo metà del mio hot dog spiaccicato sulla faccia?»

«Avevi un'aria così carina!»

Mentre entriamo nel buio della sala, mi fa un sorrisino malizioso e aggiunge...

«E dal modo in cui ti guardava, scommetto che Sam la pensava come me!»

Segni d'Amore

A primavera, le nuove previsioni di Jessica e nuovi "segni d'amore" in arrivo per la nostra Gemma!

Paris Crush

il terzo romanzo della serie